TOMOZAKI-kun est un LOSER !

Bottom-Tier Character Tomozaki

▶ ŒUVRE ORIGINALE : YUKI YAKU

▶ MANGA : EITO CHIDA

▶ CHARACTER DESIGN : FLY

SOMMAIRE

- GUIDE DU JOUEUR 11 : LE NOUVEL AMI QUE JE ME SUIS FAIT EST TELLEMENT INCROYABLE QU'IL RELÈVE TOUS LES DÉFIS. 003
- GUIDE DU JOUEUR 12 : LORS D'UNE SORTIE AVEC MON AMI, IL MONTRE TOUT SON POTENTIEL TANDIS QUE MOI, JE RESTE TOUJOURS AUSSI NUL (1). 035
- GUIDE DU JOUEUR 13 : LORS D'UNE SORTIE AVEC MON AMI, IL MONTRE TOUT SON POTENTIEL TANDIS QUE MOI, JE RESTE TOUJOURS AUSSI NUL (2). 063
- GUIDE DU JOUEUR 14 : MÊME LA VRAIE VIE RESSEMBLE À UN JEU VIDÉO, ÇA NE S'ARRÊTE PLUS (1). 095
- GUIDE DU JOUEUR 15 : MÊME LA VRAIE VIE RESSEMBLE À UN JEU VIDÉO, ÇA NE S'ARRÊTE PLUS (2). 127
- GUIDE DU JOUEUR 16 : QUAND LA FILLE QUI M'ENTRAÎNE DEVIENT LA BOSS À BATTRE, JE DOIS TOUT FAIRE POUR M'AMÉLIORER ET LA METTRE K.-O. 159

TOMOZAKI-KUN EST UN LOSER !

JE M'APPELLE FUMIYA TOMOZAKI...
JE SUIS TRÈS FORT AUX JEUX VIDÉO, MAIS COMPLÈTEMENT NUL DANS LA VRAIE VIE.
QUANT À AOI HINAMI...
ELLE EXCELLE DANS TOUS LES DOMAINES...
C'EST LA MEILLEURE ÉLÈVE DU LYCÉE ET L'HÉROÏNE PARFAITE POUR CETTE HISTOIRE !
A PRIORI, RIEN NE DEVAIT NOUS RAPPROCHER. POURTANT...
IL Y A CHEZ AOI...
UNE FACE CACHÉE QUE JE SUIS LE SEUL À CONNAÎTRE !
GUIDE DU JOUEUR 11 : LE NOUVEL AMI QUE JE ME SUIS FAIT EST TELLEMENT INCROYABLE QU'IL RELÈVE TOUS LES DÉFIS.

TOMOZAKI-kun est un LOSER!

Bottom-Tier Character Tomozaki

J'AI TOUJOURS PENSÉ QUE LA VIE N'ÉTAIT QU'UN JEU POURRI.
JE TROUVAIS INJUSTE ET ABSURDE …
QUE DES PERSONNES COMME MOI SE FASSENT MARTY-RISER, JUSTE PARCE QU'ELLES ONT EU LA MALCHANCE DE NAÎTRE FAIBLES…
ALORS QUE LES PUISSANTS SONT SIMPLEMENT VENUS AU MONDE AINSI.
C'EST UN SYSTÈME QUE PERSONNE NE PEUT RENVERSER !
DU MOINS, C'EST CE QUE JE PENSAIS …
AVANT DE RENCONTRER AOI HINAMI !

AU LYCÉE, CETTE FILLE A TOUS LES AVANTAGES ! ELLE EST BELLE, INTELLIGENTE ET GENTILLE AVEC TOUT LE MONDE !
J'AURAIS ÉTÉ GÊNÉ SI ELLE ÉTAIT VENUE M'ADRESSER LA PAROLE DEVANT LES AUTRES ÉLÈVES !
MAIS COMMENT AURAIS-JE PU IMAGINER UN SEUL INSTANT QUE LA FILLE QUI M'A DONNÉ RENDEZ-VOUS, CE FAMEUX JOUR, POUR DISCUTER DU JEU SUPER ATTACK FAMILIES...
PUISSE ÊTRE AUSSI DIFFÉRENTE EN PRIVÉ ?!
JE SUIS SI DÉÇUE !
JE N'ARRIVE PAS À CROIRE QUE TU PUISSES ÊTRE NANASHI !
DÈS QU'ELLE M'A VU, ELLE S'EST AUSSITÔT MISE À ME DÉNIGRER...
J'AI DÛ LUI FAIRE UNE TRÈS MAUVAISE PREMIÈRE IMPRESSION !
MAIS PEU DE TEMPS APRÈS...
JE M'HA-BILLE !
AOI M'A ASSURÉ QUE TOUT LE MONDE ÉTAIT CAPABLE DE S'AMÉLIORER DANS LA VIE, À CONDITION DE FAIRE DES EFFORTS...
ELLE A MÊME LOUÉ MON INCROYABLE TALENT POUR LES JEUX VIDÉO !

QUAND EST-CE QUE TU VAS ENFIN COMMENCER...
À T'IMPLIQUER SÉRIEUSEMENT DANS LA VIE ?!
MAIS
JE NE SUIS PAS FORCÉMENT D'ACCORD AVEC TOUT CE QUE DIT AOI, MAIS...
PFF...
COMME ELLE EST TRÈS FORTE AUX JEUX VIDÉO, ELLE AUSSI...
JE ME SUIS DIT QUE ÇA POURRAIT M'ÊTRE BÉNÉFIQUE D'ÉCOUTER LES CONSEILS DE NO NAME... DU MOINS, POUR LE MOMENT.

POUR COMMENCER, JE VAIS TE DONNER UNE ÉPREUVE À MOYEN TERME ...
AVANT LA FIN DE L'ANNÉE SCOLAIRE, TU DEVRAS TE TROUVER UNE PETITE AMIE !
HEIN ?!
LE JOUR OÙ ELLE M'A DONNÉ CETTE MISSION, J'AI PENSÉ QUE C'ÉTAIT IMPOSSIBLE...
MAIS AOI EST PLUTÔT DOUÉE POUR CHOISIR LES TÂCHES QU'ELLE M'ATTRIBUE.
LA POSTURE, LA FAÇON DE PARLER...
LES EXPRESSIONS FACIALES...
PLUS JE M'EXERCE À TOUT ÇA...
DU COUP, COMMENT ÇA S'EST PASSÉ POUR TOI ?
DIS...
ALORS ...
POUR POUVOIR ENTRER DANS UNE CONVERSATION...
TU VAS DONC POUVOIR TE CONCENTRER LÀ-DESSUS, N'EST-CE PAS ?
TU DEVRAS T'ENTRAÎNER À SOURIRE, MÊME DERRIÈRE CE MASQUE !
ELLE EST CAPABLE DE LANCER UN NOUVEAU SUJET DE CONVERSATION...

À PRÉSENT, J'Y VOIS PLUS CLAIR DANS LA FAÇON DONT JE DOIS PROCÉDER POUR RÉUSSIR CE "JEU", ET…
J'AI DE NOUVELLES AMIES AVEC QUI DISCUTER, MAINTENANT.
C'ÉTAIT TENDU ENTRE SHÛJI ET MOI.
IL M'EN A VOULU UN CERTAIN TEMPS DE L'AVOIR BATTU À SUPER ATTACK FAMILIES DEVANT TOUS SES AMIS, MAIS…
NOUS AVONS FINI PAR FAIRE LA PAIX.
COUCOU !
BONJOUR.
SALUT…
LE "MOI" D'AVANT AURAIT ÉTÉ INCAPABLE DE FAIRE TOUT CE QUE J'AI ACCOMPLI CES DERNIÈRES SEMAINES, ET ÇA…
JE LE DOIS À AOI !
AU RISQUE DE ME RÉPÉTER, JE DOIS DIRE QUE JE LA TROUVE IMPRESSIONNANTE !
ELLE ANALYSE CHAQUE SITUATION AVANT DE PASSER À L'ACTION, ET…
ELLE AVANCE MÉTHODIQUEMENT EN SE FIANT À SES INTUITIONS.
JE NE SAIS PLUS EXACTEMENT À PARTIR DE QUAND JE ME SUIS MIS À ADMIRER CE CÔTÉ DE SA PERSONNALITÉ !

ALORS, J'AI DÉCIDÉ DE PRENDRE MON COURAGE À DEUX MAINS, ET…
JE LUI AI PROPOSÉ D'ALLER VOIR UN FILM AVEC MOI !
DÉSOLÉE ! J'AI DÉJÀ UN TRUC DE PRÉVU À CETTE HEURE-LÀ.
PAR CONTRE…
JE SUIS LIBRE VERS LA FIN DE L'APRÈS-MIDI !
TU VEUX QU'ON AILLE VOIR UN AUTRE FILM ENSEMBLE ?
À CET INSTANT, POUR LA PREMIÈRE FOIS DE MA VIE…
J'AI FAIT DES EFFORTS POUR OBTENIR QUELQUE CHOSE QUE JE VOULAIS DE TOUT MON CŒUR.
IL ME RESTE ENCORE BEAUCOUP DE CHEMIN À PARCOURIR…
LA ROUTE EST LONGUE ET JE NE SAIS PAS SI J'EN VERRAI LE BOUT UN JOUR, MAIS…
JE COMMENCE À RESSENTIR UN LÉGER CHANGEMENT S'OPÉRER EN MOI.

PETITE PRÉCISION, TOUTEFOIS !
C'ÉTAIT BIEN SYMPA DE VOIR UN FILM AVEC AOI, MAIS...
JE N'ÉTAIS PAS DU TOUT PRÉPARÉ À LA CONVERSATION ANIMÉE QUI A SUIVI LA SÉANCE !
CETTE RÉPLIQUE ÉTAIT VRAIMENT DE MAUVAIS GOÛT !
AH, EUH... OUI, EUH... ENFIN, EUH...
ELLE SI PARLAIT VITE, EN S'AGITANT BEAUCOUP ET NE M'A PAS LAISSÉ EN PLACER UNE !
JE NE PENSAIS PAS QU'IL ÉTAIT POSSIBLE DE SE FAIRE DOMINER AVEC DE SIMPLES BANALITÉS.
ENFIN... IL S'AGIT DE AOI, APRÈS TOUT...
FUMIYA !

ÉCOUTE ÇA !
JE CROIS QUE… J'AI ENFIN RÉUSSI À MÉMORISER TOUS LES COMBOS POSSIBLES !
YUZU IZUMI… CETTE FILLE EST AMOUREUSE DE SHÛJI.
IL Y A EU TELLEMENT DE REBONDISSEMENTS DANS CETTE HISTOIRE… J'AI FINALEMENT ACCEPTÉ DE L'AIDER À S'ENTRAÎNER À CE JEU VIDÉO…
SHÛJI.→
SÉRIEUX ? C'EST SUPER ! TU VAS BIENTÔT POUVOIR AFFRONTER SHÛJI, ALORS !
COOL !
!
TU PENSES ?!
À PRÉSENT, JE SUIS CAPABLE DE TENIR UNE CONVERSATION NORMALE AVEC ELLE, SANS PANIQUER, CE QUI N'ÉTAIT ABSOLUMENT PAS LE CAS AVANT.
BON, EN VÉRITÉ, C'EST PLUTÔT YUZU QUI EST DOUÉE POUR DISCUTER AVEC LES GENS, ET MOI, JE ME LAISSE SIMPLEMENT PORTER PAR LA VAGUE.
DU COUP, JE N'AI PAS MÛRI TANT QUE ÇA, EN FAIT…
BREF, JE N'AI PAS LE CHOIX !
JE VAIS DEVOIR CONTINUER À FAIRE DES EFFORTS ET AVANCER, UN PAS APRÈS L'AUTRE…

AU FAIT, SI JE NE ME TROMPE PAS... C'EST BIENTÔT SON ANNIVERSAIRE, PAS VRAI ?
NOUVEAU SUJET DE CONVERSATION !
HEIN ?
EUH...
ILS SONT GÊNÉS TOUS LES DEUX !
OUI, MAIS... POURQUOI TU ME DIS ÇA ?
POUR RIEN ! HA HA HA...
PANIQUE ! PANIQUE !
CE N'EST PAS DRÔLE DU TOUT !
EN PLUS, C'EST DANS UN MOIS, ALORS J'AI ENCORE LE TEMPS !
PANIQUE ! PANIQUE !
BON, IL M'ARRIVE ENCORE DE DÉRAPER, DE TEMPS EN TEMPS, MAIS...
J'AIMERAIS BIEN QU'ELLE SOIT UN PEU PLUS COMPRÉHENSIVE, ELLE AUSSI !
JE TE JURE...
FLAP FLAP

MALGRÉ TOUT, NOTRE RELATION A BIEN ÉVOLUÉ !
MAIN-TENANT, JE SUIS NON SEULEMENT AMI AVEC YUZU, MAIS…
JE PARLE ÉGALEMENT DE PLUS EN PLUS SOUVENT AVEC MIMIMI ET TAMA, GRÂCE À AOI QUI NOUS A PERMIS DE NOUS RENCONTRER.
EN REVANCHE, J'AI TOUJOURS DU MAL AVEC ÉRICA ET SA BANDE ! DEPUIS LE FAMEUX JOUR DE LA DISPUTE…
CES FILLES ME BATTENT FROID, C'EST LE MOINS QU'ON PUISSE DIRE !
ESPÈCE DE GEEK PERVERS…
IL EST ÉCŒURANT !!
BON… ÇA NE ME VEXE PAS TANT QUE ÇA.
PAR CONTRE…
CE QUI ME GÊNE, C'EST LA FAÇON DONT LES AUTRES GARÇONS ME REGARDENT !
À ME VOIR TOUJOURS EN TRAIN DE BAVARDER AVEC LES FILLES…
ILS DOIVENT CERTAINEMENT ME TROUVER BIZARRE. C'EST POUR CELA QU'ILS ME LANCENT DES COUPS ŒILS DÉSAP-PROBATEURS.
JE ME SUIS DIT QU'IL FALLAIT QUE J'EN PARLE À AOI !
JE M'APPRÊTAIS JUSTEMENT À LA RETROUVER POUR LUI DEMANDER SON AVIS…
QUAND UN ÉVÈNEMENT S'EST PRODUIT !
TAP

FUMIYA ?
SALUT !
TAKAHIRO MIZUSAWA ... UN BEAU GOSSE, TOUJOURS PLEIN D'ENTRAIN, QUI FAIT PARTIE DE LA BANDE À SHÛJI.
EUH...
C'EST SHÛJI QUI T'ENVOIE ME CHERCHER... ENCORE ?
NON ! PAS DU TOUT !
ON DIRAIT BIEN QUE CETTE EXPÉRIENCE T'A TRAUMATISÉ, MON PAUVRE FUMIYA !
NON, JE VOULAIS JUSTE DISCUTER UN PEU AVEC TOI... JE T'AI TROUVÉ FORMIDABLE, L'AUTRE JOUR, TU SAIS ?
JE N'AVAIS JAMAIS VU QUELQU'UN TENIR TÊTE AUSSI LONGTEMPS À ÉRICA !
C'ÉTAIT VRAIMENT...

IMPRESSIONNANT !!
CE QUE TU LUI AS SORTI, À CE MOMENT-LÀ...
TU LE PENSAIS SINCÈREMENT ?
CE SONT LES GENS COMME TOI QUE JE DÉTESTE LE PLUS AU MONDE
BEN...
J'AI PEUT-ÊTRE LÉGÈREMENT EXAGÉRÉ.

CE N'EST PAS LE GENRE DE VÉRITÉ QUE N'IMPORTE QUI AURAIT LE COURAGE DE BALANCER !
TES PAROLES L'ONT PROBABLEMENT VEXÉE, TU SAIS ?
C'EST POUR ÇA QUE SES AMIES ET ELLE NE MANQUENT PAS UNE OCCASION POUR TE TRAITER DE PERVERS ET AUTRES NOMS FLEURIS...
EN CE QUI ME CONCERNE, JE TROUVE QUE TU AS BIEN AGI !
MOI AUSSI, JE...
EUH...
OUI ?

JE SUIS D'ACCORD AVEC TOUT CE QUE TU AS DIT CE JOUR-LÀ !
LE COURAGE DONT TU AS FAIT PREUVE, POUR OSER T'IMPOSER…
J'AVOUE QUE ÇA M'A ÉMU !
C'EST COMME SI TU ESSAYAIS DE LUI FAIRE RECONNAÎTRE TA PROPRE VALEUR, ALORS QUE JUSQU'À PRÉSENT, TU N'EXISTAIS PAS À SES YEUX !
Hi Hi
EN FAIT, SI JE SUIS VENU TE PARLER AUJOUR-D'HUI…
C'EST POUR TE PROPOSER D'ALLER MANGER UN MORCEAU QUELQUE PART, UN DE CES JOURS ! ON POURRAIT ÉGALEMENT PROPOSER À D'AUTRES GENS DE NOUS ACCOMPAGNER, SI TU VEUX.
MAIS PAS SHOJI, BIEN SÛR !
D'AUTRES GENS…
OUI ! ON POURRAIT PEUT-ÊTRE Y ALLER AVEC…

BOBOUM
AOI !
NIARK
C'EST JUSTE UNE SUGGES-TION…
AOI, HEIN ? POURQUOI PAS…
VOUS ÊTES PLUTÔT PROCHES, ELLE ET TOI, CES DERNIERS TEMPS, PAS VRAI ?
BON ! IL FAUDRAIT PEUT-ÊTRE INVITER UNE FILLE DE PLUS, POUR ÉQUILIBRER TOUT ÇA, MAIS SINON…
ON VA PASSER UN MOMENT SYMPA !
T'Y RÉFLÉCHIS ET TU ME TIENS AU JUS ?
EUH…
O.K. !

AU LYCÉE, CERTAINS ONT REMARQUÉ…
QUE AOI ET MOI ÉTIONS DEVENUS PROCHES RÉCEMMENT.
ON VOUS VOIT SOUVENT ENSEMBLE EN CE MOMENT, PAS VRAI ?
LES FILLES SONT TRÈS PERSPICACES EN CE QUI CONCERNE LES RELATIONS PRIVÉES…
EN REVANCHE, L'INVITATION DE TAKAHIRO MANQUAIT UN PEU DE TACT !
IL M'A UN PEU SURPRIS, MAIS PEUT-ÊTRE QUE C'EST DANS SA NATURE…
EVENT
EVENT : VOUS ÊTES INVITÉ À UN REPAS EN COMPAGNIE DE TAKAHIRO, AOI ET UNE AUTRE FILLE !
SI AOI VIENT, TOUT DEVRAIT BIEN SE PASSER.
ÇA M'EMBÊTE DE DEVOIR COMPTER SUR ELLE À CHAQUE FOIS, MAIS BON…
PARTY
MIEUX VAUT QU'ELLE SOIT LÀ, ON NE SAIT JAMAIS… JE POURRAIS AVOIR BESOIN D'ELLE.
EN TOUT CAS, J'AI BIEN L'IMPRESSION QUE JE ME SUIS ENFIN FAIT UN AMI PARMI LES GARÇONS…
EN PLUS, IL FAIT PARTIE DES LYCÉENS LES PLUS POPULAIRES, ET…
IL A APPRÉCIÉ LES VÉRITÉS QUE J'AI JETÉES AU VISAGE D'ÉRICA !
JE SUIS VRAIMENT CONTENT !

キーン
DING
コーン…
DONG
VESTIAIRES N°2
HUM…
TU AS BIEN DIT… TAKAHIRO ?
EUH… OUI ?
POURQUOI ? IL Y A UN PROBLÈME ?
NON, PAS VRAIMENT… AUCUNE IMPORTANCE !
IL TOMBE BIEN, CE REPAS ENTRE NOUS QUATRE.
AH BON ? ET POURQUOI ?
PAR RAPPORT À LA MISSION QUE JE T'AI CONFIÉE, RAPPELLE-TOI !

JE T'AI DEMANDÉ D'INVITER UNE FILLE DANS UN ENDROIT OÙ VOUS POURRIEZ VOUS RETROUVER SEULS, PAS VRAI ?
CE REPAS POURRAIT ÊTRE L'OC-CASION DE T'ENTRAÎNER, NON ?
HEIN ?
L'AUTRE FILLE QUI SE JOINDRA À NOUS...
C'EST TOI QUI VAS L'INVITER !
TU ES D'ACCORD, N'EST-CE PAS ?
SI JE SUIS.
EUH... OUI.
Nouvelle mi n !
ET C'EST COMME ÇA...
QUE AOI M'A LANCÉ UN AUTRE DÉFI !

JE VAIS DEVOIR INVITER UNE FILLE, HEIN ?
MIMIMI ET TAMA SONT TOUJOURS ENSEMBLE. IMPOSSIBLE DE N'EN INVITER QU'UNE SEULE...
EN PLUS, TAMA N'APPRÉCIE PAS VRAIMENT SHÛJI ET SES AMIS !
QUANT À FÛKA, ELLE EST TROP TIMIDE EN GROUPE
ALORS, VOYONS...
PAR ÉLIMINATION, IL NE RESTE PLUS QUE YUZU...
POUR ME PRÉPARER À L'INVITER...
JE VAIS POUVOIR COMPTER SUR MON STOCK D'INFORMATIONS !
C'EST BIENTÔT L'ANNIVERSAIRE DE SHÛJI, PAS VRAI ?
HEUREUSEMENT QUE J'AVAIS NOTÉ LA DATE !
TU NE SAIS PAS QUOI LUI OFFRIR COMME CADEAU ?
ET PUIS, AOI EST TRÈS FORTE POUR CE GENRE DE TRUCS, ELLE AUSSI ! SI TU VEUX, ON POURRAIT LES REJOINDRE QUELQUE PART POUR EN DISCUTER !
POURQUOI TU NE DEMANDES PAS À TAKAHIRO ? ILS SONT AMIS !
AH BON ? TU N'AS PAS BESOIN DE MOI ?
BRAVO ! TON PLAN EST GÉNIAL !!
JE VIENS D'AVOIR UNE EXCELLENTE IDÉE...
IL Y A JUSTE UN PETIT PROBLÈME.

JE VAIS D'ABORD DEVOIR PRÉVENIR TAKAHIRO !
JE NE PEUX QUAND MÊME PAS ME PERMETTRE D'INVITER N'IMPORTE QUELLE FILLE, SANS LUI EN PARLER AVANT !
LORSQUE J'AI PARLÉ DE MON PLAN À AOI...
TU TE PRENDS VRAIMENT LA TÊTE POUR DES FUTILITÉS... T'AS PAS L'IMPRESSION DE TROP RÉFLÉCHIR, PAR MOMENTS ?
VOILÀ COMMENT ELLE A RÉAGI !
O.K. ?
O.K.
SI ÇA SE TROUVE, IL A PEUT-ÊTRE DÉJÀ INVITÉ QUELQU'UN DE SON CÔTÉ !
MAIS JE NE PENSE PAS... C'EST PLUTÔT LE GENRE DE MEC À RESPECTER UN CERTAIN CODE DE CONDUITE.
TA... TAKAHIRO ?
AH ! FUMIYA...
PAR RAPPORT À TON INVITATION D'HIER...
JE ME DISAIS...
QUE J'ALLAIS PEUT-ÊTRE PROPOSER À YUZU DE SE JOINDRE À NOUS POUR LE REPAS...
T'EN PENSES QUOI ?

EUH... OUI, ÇA ME VA...
OUF, SUPER !
HUM ?
ZIEUTE
DIS...
TU N'ESSAIERAIS PAS DE ME CACHER QUELQUE CHOSE, TOI ?
HEIN ?
NON... IL N'EST QUAND MÊME PAS AU COURANT DE MA RELATION AVEC AOI ?
JE TROUVAIS ÇA ÉTRANGE, JUSTEMENT...

T'ES ALLÉ CHEZ LE COIFFEUR, RÉCEMMENT, PAS VRAI ? J'AI NOTÉ TA NOUVELLE COUPE…
AH... C'ÉTAIT JUSTE ÇA ?
EUH, OUI... TU AVAIS REMARQUÉ ?!
BIEN SÛR ! PLUS TARD, JE VOUDRAIS DEVENIR COIFFEUR.
CE QUI M'A ÉTONNÉ, C'EST TOUT CE TAPAGE QUE FONT LES FILLES À TON SUJET !
AVANT, T'ÉTAIS PLUTÔT SINISTRE ET DÉPRIMANT. MAIS DEPUIS QUE TU T'ES FAIT COUPER LES CHEVEUX, ELLES NE PARLENT PLUS QUE DE TOI !
TOMOZAKI !!
PUIS, TU T'ES MIS À FRÉQUENTER AOI, MAIS AUSSI MIMIMI ET YUZU !
TOMOZAKI~!!
ET SURTOUT, TU T'EXPRIMES BEAUCOUP MIEUX QU'AVANT !
AH BON ?
TU TROUVES ?
T'ES TELLEMENT SÛR DE TOI, MAINTENANT, QUE TU ES PRÊT À INVITER YUZU TOI-MÊME ?
T'ES CONSCIENT QUE TU RISQUES DE TOUT FAIRE CAPOTER, SI TU T'Y PRENDS MAL ?
OUI…
MAIS BON, C'EST VRAI QUE T'ES PAS DU GENRE À TE LANCER TÊTE BAISSÉE, HEIN ?
TOI, TU PRENDS VRAIMENT LE TEMPS DE RÉFLÉCHIR AVANT D'AGIR, MÊME UN PEU TROP, PAS VRAI ?
GLOUPS
C'EST PAS POSSIBLE ! IL EST DE MÈCHE AVEC AOI, CELUI-LÀ...

NON… IL NE PEUT PAS ÊTRE AU COURANT !
C'EST JUSTE UN MEC BEAUCOUP TROP PERSPICACE, VOILÀ TOUT !
HUM…
ENCORE UNE CHOSE…
JE T'AI VU LIRE UN MAGAZINE POUR OTAKU, L'AUTRE JOUR !
GLOUPS
COURAGE, LES OTAKU
POUR OTAKU !
ÇA M'ARRIVE DE LIRE CE GENRE DE TRUC, DE TEMPS EN TEMPS…
NOUS AUSSI, LES OTAKU, ON PEUT Y ARRIVER !
C'EST VRAI, J'AVOUE…
JE LE SAVAIS !
POURTANT, MOI QUI ME FORÇAIS À N'ACHETER QU'UN SEUL NUMÉRO TOUTES LES DEUX SEMAINES, POUR NE PAS ÉVEILLER LES SOUPÇONS, JUSTEMENT !

J'AI PRÉPARÉ CE QUE J'ALLAIS DIRE À YUZU, ET...
JE ME SUIS BEAUCOUP ENTRAÎNÉ, EN VISUALISANT LA SCÈNE DANS MA TÊTE !
JE SAIS QU'AU MOINDRE DÉRAPAGE, TOUT MON PLAN TOMBE À L'EAU.
IL FAUT QUE JE RESTE CONCENTRÉ !
TU PEUX INVITER YUZU, AUCUN PROBLÈME !
BONNE CHANCE !
IL A FINI PAR ME DONNER SA PERMISSION...
C'EST PARTI !
YUZU ?
ON A PARLÉ DE L'ANNIVERSAIRE DE SHÛJI, HIER... TU TE SOUVIENS ?
JE ME DEMANDAIS SI TU AVAIS L'INTENTION DE LUI ACHETER UN CADEAU...
HEIN ?!

EUH...
JE PENSAIS LUI PRENDRE UN TRUC, EN EFFET, MAIS...
POURQUOI TU ME PARLES DE ÇA ?
OUPS ! C'EST JUSTE QUE...
AVEC TAKAHIRO ET AOI, ON A PRÉVU DE SE RETROUVER QUELQUE PART POUR MANGER UN TRUC, ET...
ON PENSAIT INVITER UNE QUATRIÈME PERSONNE, C'EST TOUT.
ET TU VOULAIS ME PROPOSER DE VOUS ACCOMPAGNER, C'EST ÇA ?
EH BIEN, JE ME SUIS DIT QUE SI TU VENAIS, TU POURRAIS DEMANDER CONSEIL À TAKAHIRO POUR LE CADEAU DE SHÔJI. VU QU'ILS SONT POTES...
C'EST SÛREMENT LE MIEUX PLACÉ POUR SAVOIR CE QUI POURRAIT FAIRE PLAISIR À SON AMI, SELON MOI.
TU AS RAISON !
ET AOI EST DOUÉE POUR TROUVER DES IDÉES DE CADEAU !
JE PENSE QUE ÇA SERAIT PAS MAL D'ALLER L'ACHETER TOUS ENSEMBLE, QU'EN DIS-TU ?
OUF... J'AI RÉUSSI À REPRENDRE LA MAIN !

VLAN
MERCI, MAIS NON MERCI !
MAIS...
ÉCOUTE ! TU M'AS DIT QUE T'AVAIS RENDEZ-VOUS AVEC LES AUTRES POUR ALLER MANGER QUELQUE PART, N'EST-CE PAS ?
JE NE PEUX QUAND MÊME PAS VOUS DEMANDER, À TOUS, DE MODIFIER VOS PLANS POUR M'AIDER À ACHETER UN CADEAU !
MAIS...
EUH...
ELLE A RAISON.
CE N'EST PAS DANS LES HABITUDES DE YUZU DE CHERCHER À DÉRANGER LES AUTRES.
J'AI RATÉ MON COUP... COMMENT JE VAIS FAIRE POUR ME RATTRAPER, MAINTENANT ?
JE NE PEUX PAS LUI DIRE QUE LE COUP DU CADEAU ÉTAIT JUSTE UNE EXCUSE POUR L'INVITER À MANGER, ÇA SERAIT TROP BIZARRE ! IL FAUT QUE JE TROUVE RAPIDEMENT UNE SOLUTION...
VOYONS... INUTILE DE SE PRENDRE TROP LA TÊTE, J'AI JUSTE À...
JE COMPRENDS...
EN FAIT, JE...
OUI, VOILÀ !

MOI AUSSI, JE VOUDRAIS FAIRE UN CADEAU À SHÛJI !
QU'EST-CE QUI ME PREND ?
HEIN ?
ELLE EST SURPRISE, C'EST NORMAL !
J'AI DIT ÇA SUR UN COUP DE TÊTE ET MAINTENANT, JE VAIS DEVOIR ME JUSTIFIER…
BEN OUI, JE… J'AIMERAIS ENTERRER DÉFINITIVEMENT LA HACHE DE GUERRE AVEC LUI, DONC…
VOUS N'AVEZ PAS DÉJÀ FAIT LA PAIX ?
DISONS QUE NOTRE RELATION ÉTAIT PLUTÔT BIZARRE, JUSQU'À CE FAMEUX JOUR…
DEPUIS, LES CHOSES SE SONT UN PEU AMÉLIORÉES ET JE N'AI PLUS TROP PEUR DE LUI…
JE ME DIS QU'ON POURRAIT MÊME DEVENIR AMIS, SI ÇA SE TROUVE…
JE N'AURAIS PAS PENSÉ POUVOIR M'EN SORTIR AUSSI FACILEMENT !

GRAB
SUPER !!
ÇA, C'EST UNE BONNE IDÉE, FUMIYA !!

AH BON ?
OUI ! TU SAIS ? JE TROUVAIS LA SITUATION ENTRE NOUS PLUTÔT GÊNANTE...
PARCE QUE SHÛJI ET MOI SOMMES... EH BIEN...
PLUTÔT PROCHES, SI JE PEUX DIRE...
J'AI BIEN REMARQUÉ QUE TOI AUSSI, FUMIYA, TU ESSAYAIS DE TE RAPPROCHER DE LUI, CES DERNIERS JOURS, ET...
JE TROUVE ÇA GÉNIAL !
VOUS ÊTES TOUS LES DEUX DE GENTILS GARÇONS !
MOI, JE PRÉFÈRE QUAND TOUS MES AMIS S'ENTENDENT BIEN...
ALORS, SI VOUS POUVIEZ FAIRE EN SORTE DE NE PLUS JAMAIS VOUS DISPUTER, SHÛJI ET TOI, CE SERAIT FANTASTIQUE !
EN FAIT, JE SERAIS VRAIMENT CONTENTE SI VOUS ARRIVIEZ À DEVENIR DE VÉRITABLES AMIS... RIEN NE ME FERAIT PLUS PLAISIR !
AH, EUH... DÉSOLÉE.
C'EST UNE SAINTE, OU QUOI ?
POF
ぽっ
ドキ
BOBOUM
ドキ
BOBOUM
IL FAIT CHAUD, TOUT À COUP... NON ?
EN TOUT CAS...

JE SUIS RAVIE D'AVOIR EU CETTE CONVERSATION AVEC TOI !
ALORS, C'EST DÉCIDÉ, JE VAIS T'AIDER DANS TA MISSION !
PARTONS ENSEMBLE ACHETER UN CADEAU POUR SHÛJI !
LA DISCUSSION A PRIS UNE TOURNURE UN PEU BIZARRE, MAIS BON...
L'OBJECTIF EST ATTEINT, PUISQUE J'AI RÉUSSI À L'INVITER, ALORS TOUT VA BIEN, NON ?
AU DÉPART, JE N'AVAIS PAS PRÉVU D'ACCOMPAGNER CES TROIS-LÀ FAIRE LES BOUTIQUES, MAIS MON PLAN A CHANGÉ, À UN MOMENT DONNÉ ET MAINTENANT, ...
JE ME RETROUVE À DEVOIR LUI TROUVER MOI-MÊME QUELQUE CHOSE POUR MARQUER LE DÉBUT DE NOTRE TOUTE NOUVELLE AMITIÉ !
EST-CE QUE JE VAIS M'EN SORTIR ?

BON, FINALEMENT, YUZU N'A TOUJOURS PAS ACCEPTÉ DE M'ACCOMPAGNER MANGER UN BOUT AVEC TAKAHIRO ET AOI, MAIS ELLE VA VENIR M'AIDER À ACHETER UN CADEAU POUR SHÛJI !
L'UN DANS L'AUTRE, J'AI RÉUSSI À L'INVITER, NON ?
UN CADEAU POUR VOUS RÉCONCILIER ? C'EST UNE SUPER IDÉE !
JE VAIS T'AIDER !
GUIDE DU JOUEUR 12.
LE PLAN INITIAL A UN PEU DÉVIÉ ET JE ME RETROUVE MAINTENANT À DEVOIR ACHETER UN CADEAU POUR SHÛJI...
MAIS BON, ÇA DEVRAIT ALLER, JE PENSE... NON ?

GUIDE DU JOUEUR 12 : LORS D'UNE SORTIE AVEC MON AMI, IL MONTRE TOUT SON POTENTIEL TANDIS QUE MOI, JE RESTE TOUJOURS AUSSI NUL (1).

ET DONC, J'AI RÉUSSI À L'INVITER.
VESTIAIRES N°2
BIEN JOUÉ !
MAIS EST-CE QUE ÇA VA ALLER, POUR TOI ?
JE NE VOIS PAS CE QUE TU VEUX DIRE...
RÉFLÉCHIS UN PEU ET TU VAS COMPRENDRE !
ENTRE LA PREMIÈRE SITUATION OÙ TU ES ASSIS AVEC ELLE POUR PARTAGER UN REPAS, ET...
LA DEUXIÈME OÙ TU MARCHES À SES CÔTÉS, FLÂNANT DE BOUTIQUE EN BOUTIQUE...
LAQUELLE SERAIT, À TON AVIS, LA PLUS À MÊME DE METTRE EN DIFFICULTÉ...
UN DÉBUTANT COMME TOI, QUI N'A PAS TROP L'HABITUDE DES RENDEZ-VOUS ?
NEW ARRIVAL
AH...

À VOIR TA TÊTE, J'EN DÉDUIS QUE TU N'AVAIS PAS DU TOUT RÉFLÉCHI À ÇA...
HAA...
MAIS... MAIS... SI JE NE LUI AVAIS PAS PROPOSÉ CETTE ALTERNATIVE, ELLE N'AURAIT JAMAIS ACCEPTÉ D'AVOIR RENDEZ-VOUS AVEC MOI !
C'EST TAKAHIRO ET MOI QU'ELLE NE VOULAIT PAS DÉRANGER EN NOUS OBLIGEANT À L'ACCOMPAGNER À LA RECHERCHE D'UN CADEAU !
MAIS PUISQUE, VISIBLEMENT, ELLE VEUT BIEN DE TA COMPAGNIE, POURQUOI TU NE L'AS PAS INVITÉE À UN REPAS EN TÊTE-À-TÊTE ?
ET VOILÀ COMMENT JE ME SUIS RETROUVÉ EMBARQUÉ DANS CETTE HISTOIRE COMPLIQUÉE DE CHASSE AU CADEAU...
EST-CE QUE J'AI UNE CHANCE DE M'EN SORTIR ?
"Opération cadeau" (groupe de discussion)
Coucou, c'est Fumiya
Hello !
On se retrouve samedi !
LE LENDEMAIN.

BIEN ! JE VOUS AI DÉJÀ DISTRIBUÉ UN PROSPECTUS À CE SUJET, MAIS...
JE VOUS RAPPELLE QUE LA CAMPAGNE DES CANDIDATS POUR LA PRÉSIDENCE DU CONSEIL DES ÉLÈVES DÉMARRE MARDI PROCHAIN !
ÉLECTIONS DU PRÉSIDENT DU CONSEIL DES ÉLÈVES : MARDI.
JE DEMANDE À TOUS CEUX QUI SOUHAITENT SE PRÉSENTER DE BIEN VOULOIR SE FAIRE CONNAÎTRE.
IL VOUS FAUDRA ÉGALEMENT QUELQU'UN POUR SOUTENIR VOTRE CANDIDATURE...
VOUS DEVREZ CHOISIR CETTE PERSONNE AVEC SOIN !
AH BON... C'EST DÉJÀ L'HEURE DES ÉLECTIONS ?
MADAME ! JE VOUDRAIS ME PORTER CANDIDATE...
BONNE CHANCE !
JE NE SUIS PAS ÉTONNÉ QUE AOI AIT DÉCIDÉ DE SE PRÉSENTER ! C'EST UNE AUTRE FAÇON POUR ELLE DE PROUVER QU'ELLE EST LA N° 1 DU LYCÉE...
VU SA POPULARITÉ, JE PENSE QU'ELLE N'AURA AUCUN MAL À SE FAIRE ÉLIRE ET CONSOLIDER AINSI SON STATUT.
MAIS SI J'AI BIEN COMPRIS, IL VA LUI FALLOIR UNE PERSONNE POUR APPUYER SA CANDIDATURE !
ZIEUTE
IL ME SEMBLE QUE LES ÉLÈVES QUI SOUTIENNENT LEURS CAMARADES DOIVENT FAIRE UN DISCOURS, EUX AUSSI !
JE ME DEMANDE BIEN À QUI AOI VA DEMANDER DE TENIR CE RÔLE...

NIARK
C'ÉTAIT QUOI, CE SOURIRE ?
J'Y CROIS PAS... ELLE A L'INTENTION DE ME CHOISIR, MOI ?
NON, IMPOSSIBLE...
FU...
MI...
YA ! TE VOILÀ !
GLOUPS
HÉ ! ÇA VA PAS, LA TÊTE ?!

POURQUOI TU FIXES AOI DU REGARD, COMME ÇA ?
T'ES AMOUREUX ?
MAIS NON ! PAS DU TOUT...
BOUH ! T'ÉTAIS POURTANT EN TRAIN DE LA MATER, HEIN ?
NON ! ATTENDS UNE SECONDE ! C'EST PAS CE QUE TU...
ALORS, COMME ÇA... ELLE SE PRÉSENTE AUX ÉLECTIONS ?
POUR DEVENIR PRÉSIDENTE DU CONSEIL DES ÉLÈVES ? ÉVIDEMMENT QU'ELLE EST CANDIDATE...
ON PARLE DE AOI, LÀ !
ELLE VA L'EMPORTER, C'EST CLAIR...
AH BON... TU LE PENSES VRAIMENT ?
HEIN ? BIEN SÛR ! C'EST LA MEILLEURE ÉLÈVE DU LYCÉE ET LA PLUS POPULAIRE.
JE NE VOIS PAS COMMENT ELLE POURRAIT PERDRE !

?!
MIMIMI...
T'AS RAISON !
AOI EST VRAIMENT UNE FILLE PARFAITE, DANS N'IMPORTE QUEL DOMAINE !
HA HA HA...
QU'EST-CE QUI LUI PREND, TOUT À COUP ?
MAIS JE ME DEMANDE QUAND MÊME...
QUI ELLE VA CHOISIR POUR APPUYER SA CANDIDATURE !
GLOUPS

HA HA HA… JE ME POSAIS JUSTEMENT LA MÊME QUESTION…
ÊTRE CHOISI PAR AOI, C'EST QUAND MÊME PAS RIEN !
EUH… C'EST VRAI QU'IL Y A DE QUOI SE SENTIR FLATTÉ…
C'EST UN IMMENSE HONNEUR …
QUI IMPLIQUE DE GRANDES RESPONSABILITÉS !
DES… RESPONSABILITÉS ?
CELUI OU CELLE QUE AOI CHOISIRA NE DEVRA SURTOUT PAS SE PLANTER…
AH ! LA PROF ARRIVE ! À PLUS TARD !
BIM
HUM…
ELLE N'A PAS TORT…
HONNEUR…
RESPONSABILITÉS, ET…
L'ÉCHEC EST INTERDIT !
À LA PRÉSIDENCE DU CONSEIL DES ÉLÈV
J'AI UN MAUVAIS PRESSENTIMENT… CETTE HISTOIRE NE ME DIT RIEN QUI VAILLE !

C.D.I.
C'EST L'INTERCLASSE, ALORS JE VAIS PEUT-ÊTRE LA RENCONTRER…
JE NE SUIS PAS RETOURNÉ AU C.D.I. DEPUIS LE FAMEUX JOUR OÙ…
J'AI AVOUÉ À FÛKA QUE JE N'AVAIS JAMAIS LU UN SEUL LIVRE DE MICHAEL ANDY.
ドキ
BOBOUM
ドキ
BOBOUM
FUMIYA !
TE REVOILÀ… TU ES VENU ÉLABORER UN PLAN D'ATTAQUE POUR TON JEU VIDÉO ?
NON, PAS DU TOUT… EN FAIT, AUJOURD'HUI…
OUI ?

JE VOUDRAIS BIEN LUI DIRE QUE JE SUIS SIMPLEMENT VENU POUR DISCUTER AVEC ELLE, MAIS...
JE NE SUIS VRAIMENT PAS DOUÉ POUR ME LA JOUER AUSSI DÉTENDU !
EUH...
EH BIEN... DEPUIS QUE TU M'AS PARLÉ DE CE LIVRE, JE N'ARRÊTE PAS D'Y PENSER, ET...
JE ME SUIS DIT QUE JE POURRAIS ESSAYER DE LE LIRE.
APRÈS TOUT...
Masked Pilot and Fairy
C'EST LE CHEF-D'ŒUVRE D'ANDY !
WHOOSH
TU AS RAISON !
ÇA ME FAIT TELLEMENT PLAISIR !

JE NE SAIS PAS POURQUOI, MAIS LE FAIT DE LIRE COMME ÇA, L'UN À CÔTÉ DE L'AUTRE...
C'EST COMME SI ON EXPLORAIT ENSEMBLE UN MONDE NOUVEAU, ET...
QU'ON ARRIVAIT PETIT À PETIT À MIEUX SE COMPRENDRE.
JE POURRAIS RESTER DES HEURES DANS CETTE DOUCE TORPEUR ET LAISSER LE TEMPS FILER.
DANS TROIS JOURS...
JE DOIS ALLER ACHETER UN CADEAU AVEC YUZU ET LES AUTRES !
ÇA ME PARAÎT TELLEMENT LOIN QUE J'AI DU MAL À ME PROJETER...

JE N'AI PAS VRAIMENT ENVIE D'Y ALLER...
CE QUE JE VOUDRAIS, C'EST RESTER COINCÉ DANS CE RÊVE.

DESTINATION.
OMNIBUS. 10:16 2
EXPRESS. 10:18 1
DESTINATION.
OMNIBUS. 10:16 2
EXPRESS. 10:18 1
OMNIBUS.
EXPRESS.
RAAAGH ...
VIVEMENT QU'ON EN FINISSE...
TU TE PLAINS DÉJÀ ?
FAUDRAIT SAVOIR CE QUE TU VEUX, À LA FIN !
VOUS TROIS, VOUS AVEZ L'HABITUDE DE SORTIR EN BANDE, MAIS PAS MOI.
ET ME DIRE DE ME DÉTENDRE, ÇA N'AIDE PAS VRAIMENT !
QUI EST-CE QUI A DÉCIDÉ DE SE LANCER DES DÉFIS PLUS IMPORTANTS, DÉJÀ ?
C'EST MOI...
SALUT, TOUS LES DEUX ! ÇA VA ?
GLOUPS
FLAP
FLAP

TU ES EN RETARD, TAKAHIRO !
ぱっ
WHOOSH
ET COMME D'HABITUDE, ELLE EST TRÈS DOUÉE POUR CHANGER D'EXPRESSION EN UN CLIN D'ŒIL…
PAS DU TOUT ! C'EST MÊME PAS ENCORE L'HEURE !
ET PUIS, TU AS BON DOS DE ME FAIRE CETTE RÉFLEXION, AOI !
LA DERNIÈRE FOIS, C'EST MOI QUI T'AI ATTENDUE !
AH BON ? C'EST VRAI ?
!?
AOI… EN RETARD ?!
MAIS… DANS QUEL MONDE PARALLÈLE EST-CE ARRIVÉ ?
DASH
DÉSOLÉE !
JE SUIS EN RETARD !
DASH
DASH
DASH
ATTENTION, YUZU ! TU VAS TOMBER !
C'EST DANGEREUX DE COURIR !
HA HA HA…
PFF…

JE VOIS… SI J'ARRIVE EN COURANT COMME ELLE L'A FAIT, EST-CE QU'ON M'EXCUSERA D'ÊTRE EN RETARD, MOI AUSSI ?
HUM… À MON AVIS, ÇA MARCHE UNIQUEMENT POUR LES FILLES MIGNONNES COMME YUZU !
PARDON…
C'EST PAS GRAVE…
OH !
EST-CE QUE AOI PROFITE DE CETTE ASTUCE, ELLE AUSSI ?
CETTE FILLE EST VRAIMENT REDOUTABLE !
LOMINE2
LOMINE2
FUMIYA ET YUZU ONT BESOIN D'ACHETER UN CADEAU, N'EST-CE PAS ?
ALORS, SI ON COMMENÇAIT PAR LA BOUTIQUE BEANS ?
BEANS

C'EST TROP STYLÉ !
MAIS EST-CE QUE SHÛJI AIME CE GENRE DE TRUCS ?
GRAVE !
HUM... PAS SÛR QU'IL SOIT TRÈS FAN DE CES BABIOLES.
DOOM
MOI AUSSI, IL FAUT QUE JE CHOISISSE QUELQUE CHOSE !
QU'EST-CE QUE JE VAIS BIEN POUVOIR PRENDRE...
T'EN PENSES QUOI, FUMIYA ? QU'EST-CE QUI FERAIT PLAISIR À SHÛJI ?
EUH...
ELLE EST GENTILLE DE ME DONNER MA CHANCE DE PARTICIPER AU DÉBAT, MAIS...
JE N'AI ABSOLUMENT AUCUNE IDÉE DE CE QUI POURRAIT LUI CONVENIR !
C'EST QUE...
ELLE EST SÉRIEUSE.
ELLE DOIT PENSER QUE JE ME SUIS BIEN RAPPROCHÉ DE SHÛJI, CES DERNIERS JOURS...
AU POINT DE CONNAÎTRE SES GOÛTS ET SES CENTRES D'INTÉRÊT, MAIS PAS DU TOUT !
NO DATA
TOUT CE QUE JE SAIS, C'EST QU'IL EST PASSIONNÉ PAR SUPER ATTACK FAMILIES, ET...
QU'IL A TENDANCE À ÊTRE MAUVAIS PERDANT, RIEN DE PLUS.
NAKAMURA
PUISQUE JE N'AI PAS LE CHOIX, JE VAIS FAIRE COMME D'HABITUDE, ET...
DIRE TOUT SIMPLEMENT CE QUI ME PASSE PAR LA TÊTE.

J'AI DU MAL À FAIRE LES BOUTIQUES, COMME ÇA, AU HASARD...
QUAND JE N'AI PAS LA MOINDRE IDÉE DE CE QUE JE CHERCHE.
C'EST PAS UNE CRITIQUE, MAIS... VOUS NE TROUVEZ PAS QU'ON MANQUE D'INFORMATIONS ?!
ON NE SAIT PAS CE QUE SHÛJI AIME...
NI CE QUI L'INTÉRESSE...
NAKAMURA
NAKAMURA :
JE PENSE QU'IL FAUDRAIT NOUS RENSEIGNER DANS UN PREMIER TEMPS...
TU AS RAISON !!
MERCI BEAUCOUP ! JE VAIS ESSAYER DE LE CUISINER UN PEU ET...
OH !
IL Y A UN PROBLÈME ?
FWISH
FWISH
NON, C'EST JUSTE QUE... AH ! T'ÉTAIS PAS AU COURANT ?

IL PARAÎT QUE CES DEUX-LÀ ONT COMMENCÉ À SORTIR ENSEMBLE !

DE QUOI ?!
TAIS-TOI, IMBÉCILE !
PARDON...
TOUT VA BIEN !
J'AURAIS DÛ M'Y ATTENDRE ...
C'EST NORMAL POUR UNE FILLE AUSSI JOLIE ET POPULAIRE QUE AOI DE SORTIR AVEC UN BEAU MEC ! ELLE N'ALLAIT PAS RESTER SEULE INDÉFINIMENT…
MAIS JE SUIS QUAND MÊME SURPRIS QUE, TOUT EN ÉTANT ELLE-MÊME CÉLIBATAIRE À CE STADE…
ELLE AIT OSÉ ME CONFIER LA MISSION DE ME TROUVER UNE PETITE AMIE !
COMMENT DIRE ?
JE ME SENS UN PEU VEXÉ…
EST-CE QUE C'EST CETTE RUMEUR QUI ME PLOMBE ?
J'AIMERAIS BIEN TIRER CETTE HISTOIRE AU CLAIR, CAR ÇA ME PREND LA TÊTE…
AOI FAIT CE QU'ELLE VEUT, ÇA NE ME CONCERNE PAS VRAIMENT, MAIS BON…
HUM
HUM
HUM
FUMIYA !

ON PASSE À LA BOUTIQUE SUIVANTE !
HEIN ? MAIS NON, VOYONS...
AH, EUH... OUI ! D'ACCORD.
コソッ
FWISH
T'AS L'AIR BIZARRE !
DE QUOI VOUS AVEZ PARLÉ AVEC YUZU, TOUT À L'HEURE ?
MAIS... MAIS... MAIS NON ! DE RIEN, JE TE JURE ! POURQUOI ?
BON... PEU IMPORTE.
MAIS J'AI L'IMPRESSION QUE TU NE PRENDS PAS LA NOUVELLE MISSION QUE JE T'AI CONFIÉE TRÈS AU SÉRIEUX. JE ME TROMPE ?
TÂCHE DE TE REPRENDRE, D'ACCORD ?
FIUT
AH
MISSION :
FAIRE DU SHOPPING ENTRE AMIS !
C'EST VRAI ! JE NE SUIS PAS LÀ POUR OBSERVER LES AUTRES FLIRTER, APRÈS TOUT !
J'AI UNE MISSION À REMPLIR !

CETTE FOIS-CI...
TU VAS DEVOIR EXPRIMER TON OPINION AU MOINS DEUX FOIS ET RÉUSSIR À CONVAINCRE LES AUTRES.
MISSION
QUAND ON EST EN GROUPE ...
ON DÉCIDE TOUS ENSEMBLE DE L'ENDROIT OÙ L'ON VA, DE CE QU'ON MANGE, ETC.
CHACUN DONNE SON AVIS. T'AS COMPRIS ?
ÇA VEUT DIRE QUE FINALEMENT ...
IL Y EN A FORCÉMENT TOUJOURS UN QUI RÉUSSIT À PERSUADER LE RESTE DU GROUPE DE LE SUIVRE DANS SON IDÉE.
EH BIEN, AUJOURD'HUI, CE SERA À TOI DE NOUS FAIRE ACCEPTER TA PROPOSITION, ET...
TU DEVRAS Y PARVENIR DEUX FOIS !
VOILÀ TA MISSION DU JOUR !
ET POURQUOI TU M'IMPOSES ÇA ? QUEL EST L'INTÉRÊT ?
POF
EXCEL-LENTE QUES-TION !
JE VAIS TE DONNER DEUX BONNES RAISONS !

D'ABORD, ÇA VA T'HABITUER À PRENDRE DES INITIATIVES AU SEIN D'UN GROUPE.
C'EST CE QUE J'ENTENDS PAR "CONVAINCRE LES AUTRES D'ACCEPTER TA PROPOSITION".
TU VEUX DIRE QU'IL FAUT QUE J'APPRENNE À MANIPULER LES GENS, C'EST BIEN ÇA ?
DONC, SI JE RÉSUME, DANS UN COLLECTIF ...
IL FAUT SAVOIR CONVAINCRE LES AUTRES QUE SES PROPRES IDÉES VALENT LE COUP D'ÊTRE MISES EN APPLICATION...
AFIN QU'ILS PRENNENT LA DIRECTION SOUHAITÉE. J'AI RAISON ?
BINGO !
COMME JE TE L'AI EXPLIQUÉ PRÉCÉDEMMENT ...
C'EST LA BASE DE L'ÉQUILIBRE DE N'IMPORTE QUEL GROUPE !!
HAA... J'ABANDONNE !
C'EST ÉRICA KONNO QUI DIRIGE CETTE BANDE !
LES AUTRES NE FONT QUE SE PLIER AUX RÈGLES QU'ELLE LEUR IMPOSE.
ET C'EST EXACTEMENT L'EXERCICE QUE TU VAS TENTER AUJOURD'HUI.
ÇA VA M'AIDER À DEVENIR UNE MEILLEURE VERSION DE MOI-MÊME, HEIN ?
PARFAITEMENT !
SHLAC !!
DIS DONC, IL EST COSTAUD, LE PROGRAMME D'AUJOURD'HUI !!

LES PERSONNES QUI MAÎTRISENT CE TALENT SONT, SOIT DES INDÉPENDANTS, SOIT DES DIRIGEANTS.
ELLES PRENNENT FACILEMENT LA TÊTE DE LEUR ENTOURAGE...
TOI ! FAIS CE QUE JE TE DIS !
POUR SE HISSER AU SOMMET DE LA POPULARITÉ !
PARMI CES GENS, ON RETROUVE SHÛJI, ÉRICA...
SUIS-MOI !
ET MOI, BIEN SÛR.
J'ÉTAIS SÛR QU'ELLE ALLAIT S'INCLURE DANS LE LOT !
HA HA...
DU COUP, POUR SE FORGER UNE VÉRITABLE ÂME DE CHEF...
S'ENTRAÎNER À CONVAINCRE LES AUTRES DE FAIRE CE QU'ON LEUR DIT EST L'EXERCICE PARFAIT !
EN GROS, TU VEUX QUE JE DEVIENNE UN BOSS...
JE NE TE POUSSE PAS À DEVENIR UN VÉRITABLE DICTATEUR, HEIN ?
ESSAIE SIMPLEMENT D'ACQUÉRIR PETIT À PETIT LA BASE DE CE QUI FAIT UN LEADER.

DE TOUTE FAÇON, MÊME SI JE TE LE DEMANDAIS...
TU NE SAURAIS PAS PAR OÙ COMMENCER POUR DEVENIR UN BOSS, PAS VRAI ?
BOSS
"OÙ VA-T-ON ?", "QU'EST-CE QU'ON MANGE ?", "QUELQU'UN A UNE IDÉE ?"...
N'IMPORTE QUI PEUT PRENDRE DES INITIATIVES ET RÉPONDRE À DES QUESTIONS DE CE NIVEAU, N'EST-CE PAS ?
ALORS, JE VOUS PROPOSE...
AVANT TOUTE CHOSE...
DE RÉCOLTER PLUS D'INFOS !
SI TU LE DIS... JE CROIS QUE J'AI COMPRIS.
ET LA DEUXIÈME RAISON ?
TU VAS ÉGALEMENT POUVOIR DÉVELOPPER TON SENS DES RESPONSA-BILITÉS...
ÇA DEVRAIT ÊTRE PLUTÔT FACILE, NON ?
BON ! POUR L'INSTANT, TU ES PLUTÔT FADE ET INSIGNIFIANT, MAIS... TU TROUVES QUE J'EXA-GÈRE ?
COMMENT OSES-TU ME SORTIR ÇA ? C'EST MÉCHANT !

ÉCOUTE BIEN, C'EST IMPORTANT !
SI TU PRÉFÈRES AGIR EN LOUP SOLITAIRE ...
ALORS, TU T'ÉVITES LA CORVÉE DE DIRIGER UN GROUPE.
DAMAGE!!
MAIS DU COUP, TOUS LES EFFORTS QUE TU AS ACCOMPLIS JUSQU'ALORS...
N'AFFECTENT PERSONNE D'AUTRE QUE TOI. TU COMPRENDS ?
PAR EXEMPLE, MÊME SI TU RENONCES À FAIRE LES BOUTIQUES POUR TROUVER TON CADEAU, PEU IMPORTE ! C'EST TON CHOIX, ET...
BOF ! IL N'Y AVAIT RIEN D'INTÉRESSANT...
IL N'IMPACTERA QUE TOI !
RESTRANT
ON M'A RECOMMANDÉ CE MAGASIN, MAIS QU'EST-CE QUE VOUS EN DITES ? ÇA VOUS CONVIENT ?
EN REVANCHE, SI TU ES À LA TÊTE D'UN GROUPE, TU NE PEUX PAS TE MONTRER AUSSI DÉSINVOLTE, CAR LES AUTRES ATTENDENT QUE TU LEUR MONTRES LA VOIE.
ET SI JAMAIS TU LES DIRIGES DANS UNE MAUVAISE DIRECTION...
C'EST TOI SEUL QUI DEVRAS EN ASSUMER LES CONSÉQUENCES !!

BIEN SÛR, LA DÉCISION DE SUIVRE OU NON LE PLAN EST PRISE PAR L'ENSEMBLE DU GROUPE.
HUM...
ON DIRAIT QUE MON IDÉE NE LEUR PLAÎT PAS TROP...
SI D'EMBLÉE, LA PROPOSITION QUE TU FAIS AU RESTE DU GROUPE NE LEUR CONVIENT PAS, PEU IMPORTE LA RAISON...
IL Y A DE FORTES CHANCES POUR QUE ÇA PLOMBE L'AMBIANCE AU SEIN DE LA BANDE, TU COMPRENDS ?
ÉVIDEMMENT...
POUR L'INSTANT, TU N'ES PAS ENCORE PRÊT À PRENDRE DES DÉCISIONS À LA TÊTE D'UNE BANDE ! TOUTES CES RESPONSABILITÉS PÈSERAIENT TROP LOURD SUR TES ÉPAULES
ALORS, IL FAUT QUE TU T'ENTRAÎNES JUSQU'À T'HABITUER À PORTER CE POIDS !
COURAGE !
RESPONSABILITÉS
TU VAS Y ARRIVER, FUMIYA !
EN D'AUTRES TERMES, TU DOIS TE CONVAINCRE TOI-MÊME QUE TU EN ES CAPABLE.
ET ÇA, C'EST UN AUTRE OBJECTIF DE CET EXERCICE.
JE VOIS...
POUR SIMPLIFIER LES CHOSES, JE DIRAIS QUE...
À L'HEURE ACTUELLE, TU ES ENCORE TROP TENDRE, TROP TIÈDE, TROP MALLÉABLE...

ET ENCORE PLUS MOU QU'UN HARICOT POURRI !
TU VAS DONC DEVOIR MUER, AFIN DE TE DÉBARRASSER DE TA PEAU DE GROS NUL !
ELLE AVAIT VRAIMENT BESOIN DE SE MONTRER AUSSI ODIEUSE ?
PEUT-ÊTRE BIEN...

À PARTIR DE CE MOMENT…
J'AI DÉCIDÉ DE ME DONNER À FOND POUR RÉUSSIR CE DÉFI ET CONVAINCRE LES AUTRES DE ME FAIRE CONFIANCE, PAR DEUX FOIS, AU MOINS.
C'EST POURQUOI, QUAND JE LES AI VUS ENSEMBLE, TOUT À L'HEURE…
J'AI REFUSÉ DE ME PERDRE DANS DES CONJECTURES INUTILES !
FLAP
FLAP
JE RELÈVE LA MISSION !
BRR
BRR
BRR
?

GUIDE DU JOUEUR 13 : LORS D'UNE SORTIE AVEC MON AMI, IL MONTRE TOUT SON POTENTIEL TANDIS QUE MOI, JE RESTE TOUJOURS AUSSI NUL (2).

NOUS SOMMES QUATRE AMIS DE SORTIE POUR FAIRE LES BOUTIQUES !
MAIS DEPUIS QUE YUZU M'A PARLÉ DE CETTE RUMEUR QUI PRÉTEND QUE AOI ET TAKAHIRO SORTENT ENSEMBLE…
JE NE PEUX PAS M'EMPÊCHER DE LES OBSERVER EN CACHETTE, CAR JE SOUHAITE EN AVOIR LE CŒUR NET.
ATTENTION ! JE NE DOIS PAS ME LAISSER DISTRAIRE !
RÉUSSIR AU MOINS DEUX FOIS À CONVAINCRE LES AUTRES DE SUIVRE TON PLAN !
PARCE QUE CETTE FOIS, AOI M'A CONFIÉ UNE MISSION VRAIMENT ARDUE…
JE DOIS PERSUADER LES GENS DE MON GROUPE D'ACCEPTER DE SUIVRE MA PROPOSITION ET À DEUX REPRISES, EN PLUS !
JE N'AI PAS DE TEMPS À PERDRE À ESPIONNER CES DEUX TOURTEREAUX !
MISSION START!!
C'EST PARTI !

ZIEUTE
AH
SI ÇA SE TROUVE, LES AUTRES DOIVENT ME TROUVER BIZARRE…
À MARMONNER TOUT SEUL DANS MON COIN !
IL N'Y A AUCUN MAL À SE PARLER À SOI-MÊME, MAIS…
IL NE FAUT PAS NON PLUS QUE JE LEUR DONNE DES RAISONS DE S'INQUIÉTER !
SHH
RAAAGH ! C'EST L'ENFER !
EUH… TOUT À L'HEURE, J'AI DEMANDÉ À TAKAHIRO…
S'IL AVAIT UNE IDÉE DE CADEAU INTÉRESSANTE, MAIS…

IL M'A SUGGÉRÉ UN REMÈDE CONTRE L'ACNÉ ! T'EN PENSES QUOI ? SHÛJI VA SE FÂCHER TOUT ROUGE, SI ON LUI OFFRE ÇA, NON ?
New!
HA HA HA...
ON NE SAIT PAS, PEUT-ÊTRE QU'IL EN A VRAIMENT BESOIN.
PLUS SÉRIEUSEMENT, ESSAYONS DE TROUVER QUELQUE CHOSE QUI LUI FAIT ENVIE DEPUIS LONGTEMPS...
OH !
T'AS RAISON !
VOYONS ! CE QUE JE SAIS DE SHÛJI SE RÉSUME À CECI...
IL ADORE SUPER ATTACK FAMILIES, IL EST BALÈZE, PLUTÔT BEAU GOSSE...
ET SA COIFFURE EST TROP CLASSE !
LOADING...
!
AH OUI, SES CHEVEUX...
DU GEL !
UNE BARRETTE POUR SA FRANGE !

QUOI ?
NON, C'EST QUE... J'AI TOUJOURS PENSÉ QUE LES BEAUX MECS...
MAINTE-NAIENT LEUR FRANGE EN ARRIÈRE, AVEC UNE BARRETTE...
COMME ÇA...
MAIS SA FRANGE À LUI EST TROP COURTE !
HEIN ? J'EN VEUX PAS, DE TON TRUC !
C'EST VRAI...
HA HA HA...
ET SI ON LUI ACHETAIT DU GEL, PLUTÔT ?
UN POT DE MARQUE, PEUT-ÊTRE !
LA CONVERSATION SE DÉROULE PLUTÔT BIEN, JUSQU'À PRÉSENT, JE TROUVE...
YUZU SEMBLE RAVIE, ELLE AUSSI...
HU HU...
JE COMMENCE À DEVENIR UN PRO DANS L'ART DU BAVARDAGE, IL SEMBLE-RAIT...
DIS, TAKAHIRO ...

PIF
PAF
DU GEL, TU TROUVES QUE C'EST UNE BONNE IDÉE ?
OH ! EXCELLENT !
SHÛJI EN UTILISE BEAUCOUP, ÇA C'EST SÛR !
C'EST VRAI ? MERCI BEAUCOUP, TAKAHIRO !
JE PEUX TE MONTRER UNE MARQUE QU'IL NE POSSÈDE PAS ENCORE, SI TU VEUX.
EUH...
ELLE EST UN PEU CHÈRE, MAIS JE SUIS SÛR QU'IL NE L'A PAS.
SHÛJ EST PLUTÔT DU GENRE À COLLECTIONNER LES PRODUITS BON MARCHÉ.
JE...
QUOI ? JE NE SAVAIS PAS QU'IL ÉTAIT RADIN ! ET IL OSE SE LA PÉTER QUAND MÊME ?
TU SAIS, YUZU ? ON PEUT ÊTRE FIER ET PINGRE EN MÊME TEMPS !
AH BON ?
J'AURAIS APPRIS QUELQUE CHOSE D'IMPORTANT, AUJOURD'HUI.
HA HA HA...
BLA
J'ABAN-DONNE ...
CETTE FILLE EST TELLEMENT DOUÉE POUR LA COMMUNI-CATION...
UN GOUFFRE NOUS SÉPARE !
ON ON ON
TOKYO HANDS
TOKYO HANDS
TAKAHIRO NOUS A AMENÉS ICI CAR, SELON LUI, ILS ONT BEAUCOUP DE MARQUES DE GEL.
ET SI ON ALLAIT À TOKYO HANDS ? ILS ONT TOUT, LÀ-BAS !
AH BON ?

TOUT À L'HEURE, C'ÉTAIT DÉJÀ LUI QUI NOUS A CONDUITS CHEZ PIN'S…
ET MAINTENANT, TOKYO HANDS ?
ÇA FAIT DÉJÀ DEUX FOIS QUE TAKAHIRO…
PREND UNE DÉCISION POUR LE GROUPE ?!
LE POUVOIR DE PERSUASION DE CE TYPE EST INCROYABLE…
JE SUIS À PEU PRÈS SÛR QUE SHÛJI N'A AUCUN DE CES PRODUITS DE LUXE.
LEQUEL ON PREND ?
IL Y EN A TELLEMENT…
ÇA DÉPEND DU TYPE DE CHEVEUX ET DE LEUR LONGUEUR.
JE SAIS ! VIENS PAR LÀ, FUMIYA !

REGARDEZ BIEN, LES FILLES ! FUMIYA A LES CHEVEUX PLUTÔT LONGS, LUI...
MAIS ILS SONT PLUS FINS QUE CEUX DE SHÛJI, ALORS POUR LUI, J'UTILISERAIS LE GEL DE LA MARQUE N° 8.
HEIN ?
UN RELOOKING PRIVÉ DE LA PART DE TAKAHIRO !
VOUS PRENEZ UNE PETITE POIGNÉE DE CHEVEUX ENTRE VOS DOIGTS, ÉPAISSE COMME L'ONGLE DE VOTRE AURICULAIRE, VOUS L'ÉTIREZ COMME ÇA...
ET VOUS ENDUISEZ DE GEL ! ET AINSI DE SUITE, VOUS DIVISEZ LA MASSE CAPILLAIRE EN MÈCHES DE TAILLE ÉGALE...
EUH...
O.K...
ATTENTION ! AU MOMENT DE COIFFER...
SOYEZ VIGILANTES À L'ARRIÈRE DE LA TÊTE !
ON DIT SOUVENT QU'IL EST ESSENTIEL POUR UN HOMME D'AVOIR UN BON PROFIL...
C'EST POURQUOI IL EST PRIMORDIAL QUE LES CHEVEUX SOIENT BIEN COIFFÉS, SURTOUT VUS DE DERRIÈRE, SINON ÇA GÂCHE TOUT !
CONCRÈTEMENT, IL S'AGIT DE DONNER UN MAXIMUM DE VOLUME SUR LA NUQUE POUR AVOIR UN EFFET TROP CLASSE !
ÇA ACCENTUE LA BEAUTÉ DES TRAITS DU VISAGE.
POINT!

ET VOILÀ, J'AI FINI !
WAOUH ! T'ES PAS MAL, FUMIYA !
TU DEVRAIS CONTINUER À TE COIFFER COMME ÇA POUR VENIR EN COURS !
HI HI HI HI
JE NE TE SAVAIS PAS SI DOUÉ AVEC TES DOIGTS, TAKAHIRO...
FAIS ATTENTION À CE QUE TU DIS, AOI !
ET POUR SHÛJI, ON PREND QUOI, ALORS ?
HUM...
VU QU'IL A LES CHEVEUX COURTS, JE DIRAIS... CECI !
ÇA MARCHE ! JE VAIS RÉGLER ET JE REVIENS !
PICK UP!
NEO WAX
QU'EST-CE QUI M'ARRIVE ?!
JE NE ME SENS PLUS MOI-MÊME...
Y A PAS UN MIROIR, DANS LE COIN ?

JE SUIS SOUVENT TRÈS DUR ENVERS MOI-MÊME…
SURTOUT CONCERNANT MON PHYSIQUE !
J'AI TOUJOURS EU PEUR DES REMARQUES BLESSANTES QUE LES AUTRES POUVAIENT M'ADRESSER.
J'AI DONC PRIS L'HABITUDE DE PORTER UN JUGEMENT SÉVÈRE SUR MA PERSONNE, ET…
T'ES MOCHE !
DE ME RABAISSER CONSTAMMENT !
LA FERME !

MAIS EN ME REGARDANT DANS LE MIROIR, À CET INSTANT...
J'AIME BEAUCOUP CE QUE J'Y VOIS ET JE SUIS SATISFAIT !
JE SUIS ENCORE LOIN D'AVOIR GAGNÉ CE QU'IL FAUT EN AMOUR-PROPRE, MAIS...
EN FAISANT DES EFFORTS SUR MA POSTURE, JUSQU'À ME FORCER À SOURIRE UN PEU...
EN DÉCIDANT DE PORTER LES VÊTEMENTS EXPOSÉS SUR CE MANNEQUIN DANS LA BOUTIQUE, ET...
EN LAISSANT TAKAHIRO ME COIFFER, JE DOIS AVOUER QUE...
JE SUIS PLUTÔT FIER DU RÉSULTAT ! À ME VOIR AINSI...
JE NE RECONNAIS PLUS DU TOUT LE MINABLE PETIT GEEK D'AVANT !

SLARBUCKS
COFFEE

TIENS ? QU'EST-CE QUE T'AS PRIS, AOI ? ÇA A L'AIR BON...
UN FRAPPUCINO AU TIRAMISU !!
EN CE MOMENT, ILS PROPOSENT UN MENU SPÉCIAL, EN ÉDITION LIMITÉE, AVEC CHEESECAKE MAISON ET CAFÉ FRAPPÉ !
AOI A ENCORE COMMANDÉ UN CHEESE-CAKE...
PFF
TOI, ALORS... TU VAS ENCORE TE TAPER UN CHEESECAKE ?!
HEIN ?!
BEN QUOI ?
EUH... NON, RIEN.
MOI QUI PENSAIS ÊTRE LE SEUL AU COURANT DU PLAISIR COUPABLE DE AOI CONCERNANT LES CHEESECAKES, UNE PASSION DE LONGUE DATE...
APPAREM-MENT, JE ME TROMPAIS ! ENFIN, C'EST PAS GRAVE.
C'EST PAS NON PLUS UN SECRET HONTEUX QU'ELLE DEVRAIT À TOUT PRIX CACHER !
SINON, ELLE N'AURAIT PAS ACCEPTÉ DE VENIR DÉJEUNER AVEC NOUS, AUJOURD'HUI...
DÉSOLÉE ! IL Y AVAIT BEAUCOUP DE MONDE EN CAISSE...
IL N'Y A RIEN DE MAL À AIMER LE FROMAGE, EN PLUS...

ALORS ?!
TU T'ES ENFIN DÉCIDÉ POUR UN CADEAU, FUMIYA ?
OUI, JE CROIS...
AH OUI ? VAS-Y, DIS-MOI !
EH BIEN...
ET JE LUI EXPLIQUE
NOWTALKING...
EUH...
JE NE SAIS PAS TROP QUOI DIRE...
HA HA HA...
ÇA... C'EST DU FUMIYA TOUT CRACHÉ !
FINALEMENT, TOUT EN SOURIANT...
AOI A RÉUSSI À CONVAINCRE LES DEUX AUTRES QUE MON IDÉE N'ÉTAIT PAS SI MAUVAISE !
MON AMOUR-PROPRE MIS À MAL PAR LA GENTILLESSE DE AOI !
9999
MAIS BON, JE SAIS ENFIN CE QUE JE VAIS ACHETER COMME CADEAU, ET...
C'EST DÉJÀ UNE BONNE CHOSE !

DU COUP, J'AIMERAIS BIEN ALLER DANS UN MAGASIN DE PRODUITS ÉLECTRONIQUES…
O.K. !
ALLONS-Y !
PEEK CAM
PEEK CA RA
MERCI, TOUT LE MONDE !
T'AS PU FAIRE TON ACHAT, C'EST SUPER !
J'AI RÉUSSI À CONVAINCRE MES AMIS, SANS LES BRUSQUER, DE ME SUIVRE JUSQU'À CE MAGASIN…
ENCORE UNE FOIS ET J'AURAI REMPLI MA MISSION !
MOI QUI PENSAIS NE PAS AVOIR LA MOINDRE CHANCE D'Y PARVENIR…
BON, J'AI ACHETÉ MON CADEAU, ALORS MAINTENANT…
JE VAIS DEVOIR TROUVER UNE AUTRE ACTIVITÉ À LEUR PROPOSER ! QUELQUE CHOSE D'INTÉRESSANT POUR QU'ILS ACCEPTENT DE ME SUIVRE ENCORE UNE FOIS…
OÙ EST-CE QU'ON POURRAIT ALLER ? ON VIENT JUSTE DE SORTIR DU SLARBUCKS, ALORS…
DITES, LES GENS ! VOUS N'AVEZ PAS UN PEU FAIM, PAS HASARD ?
POURQUOI ON N'IRAIT PAS DANS UNE SALLE D'ARCADE ?

ZUT ! J'AURAIS PEUT-ÊTRE DÛ POSER LA QUESTION AVANT…
C'EST TROP TARD, MAINTENANT !
HUM…
NON, PLUS TROP, EN FAIT.
FWISH
EH BIEN MOI, SI ! J'AI TRÈS FAIM !
J'AI LE VENTRE QUI GARGOUILLE, C'EST VRAI.
BON…
ALORS…
JE VOUS PROPOSE D'ALLER MANGER UNE PIZZA DANS UN ENDROIT QUE JE CONNAIS ! LEUR FROMAGE EST À TOMBER PAR TERRE ! ÇA VOUS DIT ?
PIZZA
PIZZA
CARRÉMENT !
CHEESE
JE PENSAIS QU'ELLE N'AVAIT PLUS FAIM…
HA HA HA…
ET VOUS, IZUMI ET TOMOZAKI ?
O.K. !
ÇA ME VA AUSSI.
ALORS VA POUR LA PIZZA !
ÇA VA ÊTRE TROP BON !

JUSTE SOUS MES YEUX, TAKAHIRO EST EN TRAIN DE PRENDRE LA TÊTE DU GROUPE ET SE MET À DIRIGER LES OPÉRATIONS.
JE NE COMPRENDS PAS…
CE QUI A BIEN PU SE PASSER, AU JUSTE.
NOUS SOMMES ALLÉS MANGER UNE PIZZA ET PUIS…
COMME ON N'AVAIT PLUS RIEN DE SPÉCIAL À FAIRE, ON A DÉCIDÉ DE RENTRER.
ON SE VOIT PLUS TARD ?
ÇA MARCHE !
À PLUS !
FINALEMENT, JE N'AI PAS REMPLI MA MISSION ! JE N'AI PAS RÉUSSI…
À PROPOSER UNE AUTRE ACTIVITÉ À MES AMIS.

VESTIAIRES N°2
POURQUOI N'ES-TU PAS ALLÉ JUSQU'AU BOUT DU DÉFI ?
TU AVAIS POURTANT BIEN RÉUSSI À TROUVER UNE PREMIÈRE IDÉE BRILLANTE, NON ?
Mission failed...
APRÈS AVOIR PENSÉ AU MAGASIN DE PRODUITS ÉLECTRO-NIQUES...
PLUS RIEN NE M'A TRAVERSÉ L'ESPRIT.
J'AI PEUT-ÊTRE RELÂCHÉ MA CONCEN-TRATION AU MAUVAIS MOMENT...
ET AVANT CELA, T'AURAIS PAS PU PROPOSER AUTRE CHOSE ? C'ÉTAIT DÉJÀ LE MILIEU DE L'APRÈS-MIDI QUAND ON EST ALLÉS DANS CE MAGASIN !
JE NE T'AI PAS VU FAIRE BEAUCOUP D'EFFORTS...
POUR NOUS PROPOSER DES TRUCS INTÉRESSANTS JUSQU'À CE MOMENT-LÀ !

MAIS… C'EST PARCE QUE TAKAHIRO N'ARRÊTAIT PAS DE PARLER, ET IL AVAIT TELLEMENT DE CHOSES SYMPAS À PROPOSER QUE…
TAKAHIRO A L'HABITUDE DE SE COMPORTER COMME ÇA !
TU AURAIS DÛ LE PRÉVOIR ET AGIR EN CONSÉQUENCE !
OUI, PEUT-ÊTRE, MAIS…
JE SAIS QU'IL M'EST DÉJÀ ARRIVÉ DE TE VALIDER UNE MISSION QUE TU N'AVAIS PAS COMPLÈTEMENT REMPLIE, MAIS…
CETTE FOIS, J'ESTIME QU'IL S'AGIT D'UN OBJECTIF QUE TU ES TOUT À FAIT CAPABLE D'ACCOMPLIR, ALORS…
JE TE DEMANDE DE RECOMMENCER ET DE T'APPLIQUER UN PEU.
DIRE QUE J'ÉTAIS RAVI DE CONSTATER À QUEL POINT IL Y AVAIT EU DU CHANGEMENT EN MOI, CES DERNIERS TEMPS…
AOI ELLE-MÊME AVAIT NOTÉ QUE J'AVAIS FAIT DES PROGRÈS…
MALHEUREUSEMENT, J'AI TRAHI TOUTES NOS ESPÉRANCES.

C'EST VRAI QUE J'AURAIS PU ME BOUGER UN PEU PLUS !
LE FAIT D'ÊTRE AVEC CES TROIS-LÀ...
M'A SANS DOUTE BLOQUÉ !
ET PUIS, J'AI AUSSI ÉTÉ PERTURBÉ PAR CE QUE YUZU M'A APPRIS...
AU SUJET DE AOI ET DE TAKAHIRO.
D'APRÈS LA RUMEUR, CES DEUX-LÀ SONT EN COUPLE, MAIS...
JE ME DEMANDE SI C'EST PAS DU PIPEAU.
DIS, AOI...
QUOI ?
JE TE PROMETS QUE, SI CE QUE TU ME SORS N'A RIEN D'INTÉRESSANT, JE TE RAJOUTE TROIS MISSIONS SUPPLÉMENTAIRES.
O.K., JE LAISSE TOMBER...
JE NE SAIS PAS SI JE PEUX POSER LA QUESTION À AOI, JUSTE APRÈS NOTRE DISCUSSION...

PARFAIT ! RACONTE-MOI PLUTÔT...
CE QUE TU AS PENSÉ DE NOTRE VIRÉE DE L'AUTRE JOUR !
D'ACCORD.
POUR COMMENCER...
J'AI BIEN AIMÉ QUAND TAKAHIRO M'A COIFFÉ ! LE RÉSULTAT ÉTAIT PLUTÔT CLASSE...
VRAIMENT ? C'EST UNE BONNE NOUVELLE, ÇA !
SI UN CHANGEMENT COMME CELUI-LÀ POUVAIT TE PERMETTRE DE RESTER MOTIVÉ... ÇA NE PEUT ÊTRE QUE BÉNÉFIQUE !
C'EST COMME SI TU AVAIS REÇU UN SORT DE PROTECTION...
TU DEVIENS BEAUCOUP PLUS RÉSISTANT AUX DÉGÂTS.
9999
9999
OUI... SANS DOUTE.
ET CONCERNANT LA MISSION DU JOUR, TU N'AS RIEN À ME DIRE ?
SI, BIEN SÛR ! EN VOYANT TOUT CE QUE TAKAHIRO A RÉUSSI À PROPOSER AU GROUPE, TOUT AU LONG DE LA JOURNÉE...
JE ME DIS QU'IL EST VRAIMENT DOUÉ POUR ÇA ET QU'IL A UNE FOULE DE BONNES IDÉES.
IL CONNAISSAIT DÉJÀ PIN'S, LA BOUTIQUE DE MODE TRÈS ÉLÉGANTE, ET...
IL A CHOISI PRÉCISÉMENT CETTE PIZZERIA, CAR IL SAIT À QUEL POINT TU AIMES LE FROMAGE !

T'ES SÛR QUE ÇA VA, FUMIYA ?
OUI, POURQUOI ?
JE TROUVE QUE TU MANQUES UN PEU D'OBJECTIVITÉ, AUJOURD'HUI.
EN FAIT, TU NE PRENDS PAS ASSEZ DE RECUL.
PRENONS LE CAS DE LA BOUTIQUE PIN'S !
C'EST VRAI QU'IL Y AVAIT BEAUCOUP DE CHOSES TRÈS INTÉRESSANTES !
MAIS ON ÉTAIT À LA RECHERCHE D'UN CADEAU POUR SHÛJI, ET...
EN Y RÉFLÉCHISSANT BIEN, AUCUN DE CES PRODUITS N'AURAIENT PU LUI CONVENIR, CONNAISSANT SES GOÛTS.
AH BON, T'EN ES SÛRE ?
ÉVIDEMMENT... SI TU N'AS PAS PU T'EN RENDRE COMPTE TOUT SEUL, C'EST BIEN DOMMAGE !
ET CETTE FAMEUSE PIZZA, T'EN AS PENSÉ QUOI ?
ESSAIE DE TE SOUVENIR DU GOÛT !
EUH...

À VRAI DIRE… JE NE L'AI PAS TROUVÉE BONNE.
TU VOIS ?
EN PROPOSANT CETTE PIZZERIA, TAKAHIRO N'A PAS VRAIMENT PRIS EN COMPTE LES GOÛTS ET LES ENVIES DE TOUT LE MONDE, DANS LE GROUPE.
IL S'EST SIMPLEMENT RAPPELÉ D'UN DÉTAIL ET A MISÉ DESSUS, EN ESPÉRANT QUE LES AUTRES MEMBRES ACCEPTENT.
AH… TU VEUX DIRE QU'IL MAÎTRISE PARFAITEMENT L'ART DE LA PERSUASION ?
EXACTEMENT ! CE TALENT FAIT TOUT, AU SEIN D'UN GROUPE.
DONC, MÊME SI, AU FOND, SON IDÉE N'ÉTAIT PAS BONNE…
NOUS L'AVONS SUIVI, CAR IL A RÉUSSI À FORMULER SA PROPOSITION COMME IL FALLAIT.
BIEN SÛR ! C'EST EXACTEMENT CE QU'IL A FAIT À CE MOMENT-LÀ. TU N'AVAIS PAS RÉALISÉ ?
…
NON…
NON, MAIS QU'EST-CE QUE ÇA VEUT DIRE ? C'EST TROP TORDU, CE QUE TU VIENS DE DIRE !

SI ON AGIT COMME ÇA, ON NE PEUT JAMAIS ÊTRE SÛR QUE CE SOIT VRAIMENT DANS L'INTÉRÊT DU GROUPE, HEIN ?
C'EST COMPLÈTEMENT DÉLIRANT, TON TRUC !
QU'EST-CE QUI TE PREND ?
C'EST N'IMPORTE QUOI !
JE NE SUIS PAS EN TRAIN DE TE PARLER D'INTÉGRITÉ, LÀ !
JE DIS JUSTE QUE C'EST LA PERSONNE CAPABLE DE CONVAINCRE À L'UNANIMITÉ QUI S'EN SORT LE MIEUX, DANS UN GROUPE.
REFUS...
C'EST UNE RÈGLE FONDAMENTALE, RÉVEILLE-TOI UN PEU !
NON, JE REFUSE DE CROIRE À CES IDIOTIES...
CATÉGORIQUE !
ESSAIE D'IMAGINER UN JEU VIDÉO OÙ TON PERSONNAGE DOIT RÉUSSIR À CONVAINCRE LES AUTRES DE L'AIDER DANS SA MISSION...
TU TROUVES TOUJOURS QUE C'EST POURRI, COMME CONCEPT ?
POUR LES PERSUADER, IL LUI FAUDRA PARLER DE MANIÈRE EFFICACE...
ET BIEN CONNAÎTRE SON AUDITOIRE !
IL NE POURRA ACCOMPLIR SA MISSION QUE S'IL PARVIENT À RÉSOUDRE LES DIFFÉRENTS CONFLITS D'INTÉRÊT.
SI TU TE RETROUVAIS DEVANT UN TEL JEU, T'EN PENSERAIS QUOI ?
GAME OVER...
MAIS... COMMENT AS-TU DEVINÉ MON SECRET ?
IL SEMBLERAIT QU'ELLES SE SOIENT RÉCONCILIÉES
COMPTE RÉUSSIR, LA PROCHAINE FOIS.
JE PASSE EN MODE "NÉGOCIATION" !
QUE C'EST PROBABLEMENT UN JEU INTÉRESSANT ET BIEN DÉVELOPPÉ...
GRR
ET VOILÀ ! CE JEU SE PASSE DANS LA VRAIE VIE !

TU TE SOUVIENS DE CE QU'A DIT TAKAHIRO, AU MOMENT DE NOUS PROPOSER D'ALLER DANS CETTE PIZZERIA ?
JE VOUS PROPOSE D'ALLER MANGER UNE PIZZA DANS UN ENDROIT QUE JE CONNAIS ! LEUR FROMAGE EST À TOMBER PAR TERRE ! ÇA VOUS DIT ?
IL NOUS A D'ABORD DEMANDÉ SI ON N'AVAIT PAS UN PEU FAIM, ET...
IL A TOUT DE SUITE CHERCHÉ À ME METTRE DANS SA POCHE, EN ME FAISANT MIROITER LEUR "DÉLICIEUX FROMAGE".
JE VOIS... C'EST DONC COMME ÇA QU'ON ARRIVE À CONVAINCRE TOUT UN GROUPE ?
OUI, MAIS CETTE FOIS, IL Y A QUELQUE CHOSE D'ENCORE PLUS IMPORTANT À RETENIR !
CE N'EST PAS FACILE DE CONVAINCRE À L'UNANIMITÉ !
IL Y A BEAUCOUP DE RÈGLES À RESPECTER...
COMME, PAR EXEMPLE, VEILLER À CE QUE LES INTÉRÊTS DE CHACUN S'ACCORDENT...
ET COMMENCER PAR CONVAINCRE LES AUTRES PERSONNES QUI ONT UN FORT POUVOIR DE PERSUASION DANS LE GROUPE.

CE QUE JE VOULAIS VRAIMENT TE FAIRE COMPRENDRE, C'EST QUE…
MÊME SI TU ES CONVAINCU QUE TON IDÉE EST BONNE…
IL SE PEUT BIEN QU'ELLE NE SOIT PAS ACCEPTÉE PAR LES AUTRES.
TU SAIS MAINTENANT QU'IL EXISTE DES RÈGLES TORDUES, AVEC LESQUELLES IL FAUT TRAVAILLER.
SI TU SOUHAITES ABSOLUMENT QUE TA PROPOSITION SOIT VALIDÉE…
TU N'AS PAS D'AUTRE CHOIX QUE DE SUIVRE CES RÈGLES !
TU PEUX, PAR EXEMPLE, MODIFIER UN PEU TON PLAN, EN APPARENCE, POUR LE RENDRE PLUS ACCEPTABLE AUX YEUX DE TON PUBLIC.
UNE SORTE DE CAMOUFLAGE, EN GROS, QUI TE PERMET D'ENDORMIR LA VIGILANCE DES AUTRES.
COMME ÇA, TON IDÉE EST APPROUVÉE, ALORS QU'ELLE RESTE FONDAMENTALEMENT LA MÊME, EN FIN DE COMPTE.

TU NE TROUVES PAS QUE C'EST UNE FAÇON SAINE D'AFFRONTER LES AUTRES ?
JE N'AURAIS JAMAIS CRU CELA POSSIBLE, JUSQU'À MAINTENANT !
CETTE FAÇON DE JOUER LA COMÉDIE POUR RÉUSSIR À IMPOSER SES IDÉES...
JE TROUVE ÇA COMPLÈTE-MENT TORDU ! PARDON SI LE MOT EST TROP FORT...
QUAND JE PENSE QUE C'EST SOUS LE PSEUDONYME DE NO NAME...
QUE J'AI RENCONTRÉ AOI POUR LA PREMIÈRE FOIS, DANS CE FAMEUX JEU VIDÉO.

CE N'EST PAS DU TOUT COMME ÇA QUE MOI, J'AVANCE DANS UN JEU !
MAIS PEUT-ÊTRE QUE MA FAÇON D'INTERAGIR AVEC LES AUTRES, DANS LE VIRTUEL, N'EST PAS ADAPTABLE DANS LA RÉALITÉ...
C'EST POUR ÇA QUE J'AI TOUJOURS ÉTÉ RENFERMÉ ...
TANDIS QUE AOI EST PARVENUE À SE HISSER AU SOMMET DE LA HIÉRARCHIE.
AU DÉPART, JE N'ÉTAIS PAS TOUJOURS D'ACCORD AVEC SES MÉTHODES D'ENTRAÎNE-MENT, MAIS...
DEPUIS PEU, JE COMMENCE À M'Y FAIRE.
ÉVIDEMMENT, QUAND ON FAIT PARTIE D'UN GROUPE, IL FAUT ÊTRE PRÊT À TENIR TÊTE AUX AUTRES MEMBRES, LORS D'UNE DISCUSSION...
PERSONNE N'Y PEUT RIEN, C'EST INÉVITABLE !
TA LEÇON SERA TERMINÉE, UNE FOIS QUE TU AURAS COMPRIS ÇA.
POUR T'ENTRAÎNER, RAPPELLE-TOI DE LA MÉTHODE DE TAKAHIRO ET ESSAIE DE L'IMITER !
EUH... D'ACCORD.

JE ME DEMANDE BIEN POURQUOI…
JE ME SUIS SENTI BIZARRE QUAND AOI M'A CONSEILLÉ DE PRENDRE EXEMPLE SUR TAKAHIRO !
QU'EST-CE QU'IL Y A ? LA CLOCHE A SONNÉ, T'AS PAS ENTENDU ?
MAIS À QUOI JE PENSE, MOI ?
ÇA VA VRAIMENT PAS BIEN, DEPUIS HIER…
IL FAUT QUE JE ME RESSAISISSE !
À CELLES ET CEUX QUI SOUHAITENT CANDIDATER À LA PRÉSIDENCE DU CONSEIL DES ÉLÈVES, C'EST À PARTIR D'AUJOURD'HUI QUE VOUS POUVEZ DÉPOSER VOTRE DOSSIER !
MERCI DE BIEN VOULOIR ME LE REMETTRE DIRECTEMENT, OU BIEN FAITES-LES PASSER À VOS DÉLÉGUÉS DE CLASSE.
AH OUI, AU FAIT ! AOI NE M'A ENCORE RIEN DEMANDÉ À CE SUJET…

VOICI MON DOSSIER, MADAME.
MAIS ALORS… QUI EST-CE QU'ELLE A CHOISI POUR LA SOUTENIR ?
ENFIN, PEU IMPORTE… EN TOUT CAS, CE N'EST PAS MOI !
BRR
JE VAIS VOTER POUR TOI !
MOI AUSSI, JE COMPTE SUR TOI, AOI !
TU VAS REMPORTER LES ÉLECTIONS, C'EST CERTAIN !
BAH ! C'ÉTAIT COURU D'AVANCE…
LA MEILLEURE ÉLÈVE, QUI EST AUSSI LA FILLE LA PLUS POPULAIRE DU LYCÉE, SE PORTE CANDIDATE…
JE SOUHAITE BON COURAGE À CELUI OU CELLE QUI OSERA SE PRÉSENTER CONTRE ELLE !
PERSONNELLEMENT, JE NE ME VOIS PAS VOTER POUR QUELQU'UN D'AUTRE.
À MON AVIS, IL NE FAUT PAS S'ATTENDRE À UNE ÉNORME SURPRISE DURANT CETTE CAMPAGNE…
MERCI POUR VOTRE SOUTIEN ! ♡

ET VOILÀ
LE MIEN !

MIMIMI
?!

MOI QUI CROYAIS QUE PERSONNE N'OSERAIT…
SE PRÉSENTER CONTRE AOI POUR LA PRÉSIDENCE DU CONSEIL DES ÉLÈVES !
BATTLE START!!
1P MIMIMI
VOILÀ QUE MIMIMI SE PORTE CANDIDATE !
VA-T-ON ASSISTER À UN DUEL ENTRE AOI ET MIMIMI ?!
HEIN ?!
J'Y CROIS PAS ! TU CANDIDATES, TOI AUSSI ?!
T'ES GONFLÉE, QUAND MÊME !
T'INQUIÈTE ! C'EST JUSTE POUR POUVOIR RÉCUPÉRER DES POINTS DANS MA MOYENNE…
MAIS JE VAIS QUAND MÊME GAGNER !!
HA HA HA…

GUIDE DU JOUEUR 14 : MÊME LA VRAIE VIE RESSEMBLE À UN JEU VIDÉO, ÇA NE S'ARRÊTE PLUS (1).

C.D.I
IL S'EST PASSÉ TELLEMENT DE CHOSES, CE MATIN…
MAIS MAINTENANT, JE PROFITE D'UN PETIT MOMENT DE RÉPIT POUR LIRE AVEC FŪKA…
EH BIEN…
CES ÉLECTIONS RISQUENT D'ÊTRE MOUVEMENTÉES !
PARDON ?
J'AI ENTENDU DIRE QUE MIMIMI ÉTAIT CANDIDATE, ELLE AUSSI.
JE NE COMPRENDS PAS BIEN POURQUOI…
SOIT ELLE EST VRAIMENT MOTIVÉE POUR APPORTER CERTAINS CHANGEMENTS DANS NOTRE LYCÉE, SOIT ELLE SOUHAITE POUVOIR ÉVOLUER PERSONNELLEMENT…
C'EST FORCÉMENT UNE DE CES DEUX RAISONS.
TU… TU PENSES ?
MOI AUSSI, IL Y A DES CHOSES QUE J'AIMERAIS CHANGER CHEZ MOI, ALORS…
JE COMPRENDS PARFAITEMENT SON SENTIMENT.
AH BON ? ET QUOI, PAR EXEMPLE ?
AH !
EUH… C'EST-À-DIRE QUE…

C'EST... UN SECRET !
EXCUSE-MOI, MAIS...
JE DOIS Y ALLER !
AH, O.K...
BON... À PLUS !
CLANG
TAP
TAP
TAP
BOBOUM
BOBOUM
BOBOUM
BOBOUM
C'EST QUOI, SON SECRET ?!
QU'EST-CE QU'ELLE VEUT CHANGER CHEZ ELLE ?!
ÇA M'INTRIGUE... MAINTENANT, J'AI ENVIE D'EN SAVOIR PLUS !

PAUSE MÉRIDIENNE.
VESTIAIRES N°2
VESTIAIRES N°2
DÉSOLÉE DE TE FAIRE VENIR AUSSI RAPIDEMENT, MAIS J'AVAIS QUELQUE CHOSE D'URGENT À TE DIRE !
C'EST PLUTÔT RARE DE SE VOIR EN MILIEU DE JOURNÉE.
QU'EST-CE QU'ELLE VA ME SORTIR ?
ÇA NE POUVAIT PAS ATTENDRE LA FIN DES COURS, VOILÀ.
POUR COMMENCER, LE SECRÉTARIAT DU LYCÉE M'A CONTACTÉE...
POUR ME DIRE QUE LES RÉUNIONS PRÉPARATIVES DE LA CAMPAGNE ÉLECTORALE VONT BIENTÔT DÉMARRER.
JE VOIS... TU VAS ÊTRE TRÈS OCCUPÉE, PENDANT UN MOMENT !
À CE PROPOS, JE VOULAIS TE DEMANDER ...
TU CONNAIS LE RÔLE DES PERSONNES QUI APPUIENT LA CANDIDATURE DES PARTICIPANTS, N'EST-CE PAS ?
NOUS Y VOILÀ !

PLUS OU MOINS… J'AI ENTENDU DIRE QU'ELLES DEVAIENT FAIRE UN DISCOURS, OU UN TRUC DANS LE GENRE…
MAIS TOI, TU AS DÉJÀ FAIT TON CHOIX, N'EST-CE PAS ? SINON, TU N'AURAIS PAS PU PRÉSENTER TON DOSSIER…
OUI, MAIS J'AI LA POSSIBILITÉ DE CHANGER D'AVIS, JUSQU'À DEMAIN.
MAIS ALORS, ÇA VEUT DIRE QUE…
LAISSE-MOI TERMINER !
JE COMPTAIS EFFECTIVEMENT TE DEMANDER DE SOUTENIR MA CANDIDATURE, MAIS…
J'Y AI RENONCÉ.
CHING
AU DÉPART, JE PENSAIS QUE PERSONNE NE SE PRÉSENTERAIT CONTRE MOI…
JE M'ÉTAIS DIT QUE C'ÉTAIT L'OCCASION IDÉALE DE TE CONFIER CETTE MISSION, PUISQU'IL NE DEVAIT Y AVOIR AUCUNE PRESSION…
Candidate : Aoi HINAMI.
Soutenue par : Fumiya TOMOZAKI.
C'EST POURQUOI JE ME SUIS PERMIS D'INSCRIRE TON NOM DANS MON DOSSIER !
JE COMPTAIS T'EN PARLER UNE FOIS QUE MA CANDIDATURE AURAIT ÉTÉ VALIDÉE.
BAM
JE TE CHARGE DE SOUTENIR MA CANDIDATURE (BON COURAGE) !
NON MAIS, C'EST QUOI CE TRAQUENARD ?!

MAIS DEPUIS QUE MIMIMI A DÉCIDÉ DE SE PORTER CANDIDATE, LA DONNE A CHANGÉ.
JE VOIS...
MIMIMI EST UNE ADVERSAIRE REDOUTABLE...
AOI N'A PAS ENVIE DE DEMANDER À UN FAIBLARD COMME MOI DE LA SECONDER EN CAMPAGNE !
TU AS COMPRIS ?
AU LIEU D'APPUYER MA CANDIDATURE...
JE TE PROPOSE, EN GUISE D'ENTRAÎNEMENT, DE SOUTENIR CELLE DE MIMIMI !

QUOI ?!
TU VIENS DE ME DIRE QUE TU AVAIS RENONCÉ À L'IDÉE DE FAIRE DE MOI UN SOUTIEN POUR TA CANDIDATURE...
ET LÀ, TU ME DEMANDES D'APPUYER CELLE DE MIMIMI ?!
T'AS CONSCIENCE QUE C'EST TOI QU'ELLE AFFRONTE ?!
TU COMPTES LUI METTRE DES BÂTONS DANS LES ROUES EN ME FORÇANT À L'AIDER DANS SA CAMPAGNE, C'EST ÇA ?
FINALEMENT, JE PRÉFÈRE TRAVAILLER POUR TOI, ÇA ME SEMBLE PLUS FAIR-PLAY...
LAISSE-MOI TE PRÉSENTER LES CHOSES SOUS UN AUTRE ANGLE !
IMAGINE UN PEU ! TU SOUTIENS MA CANDIDATURE, ET...
JE FINIS PAR PERDRE, CONTRE TOUTE ATTENTE !
JE TE GARANTIS QUE C'EST À TOI SEUL QU'ON REPROCHERA MA DÉFAITE !
MOI ?
C'EST VRAI QUE PERSONNE N'EST PRÊT À VOIR AOI PERDRE...
SI ÇA DEVAIT ARRIVER, JE SERAIS LE PREMIER À ÊTRE ACCUSÉ DE CE DÉSASTRE !
TOUS LES ÉLÈVES DU LYCÉE SE LIGUERAIENT CONTRE MOI, ET...
MA RÉPUTATION SERAIT DÉFINITIVEMENT FICHUE !
SI SEULEMENT ELLE N'AVAIT PAS DEMANDÉ À FUMIYA DE SOUTENIR SA CANDIDATURE !
TOUT ÇA, C'EST DE LA FAUTE DE CE NABOT !
CE SALE GEEK !
AOI DOIT ÊTRE TERRIBLEMENT DÉÇUE...
BIEN SÛR, JE NE VOIS PAS COMMENT JE POURRAIS PERDRE...
À MOINS DE LE FAIRE EXPRÈS, CELA VA SANS DIRE !

ET SURTOUT, SI TU DÉCIDES D'AIDER MIMIMI ...
TU AURAS BEAUCOUP D'OCCASIONS DE DISCUTER AVEC UN TAS DE PERSONNES ! ÇA SERAIT UN EXCELLENT EXERCICE POUR TOI...
OUI, TU AS RAISON, MAIS...
LEVEL UP!
J'AI QUAND MÊME DU MAL À ACCEPTER...
L'IDÉE QUE MIMIMI PUISSE PERDRE À CAUSE DE MOI ! EST-CE QUE JE PEUX VRAIMENT LUI FAIRE ÇA ?
J'AIME BEAUCOUP MIMIMI !
IL Y A TANT DE CHOSES QUE J'ADMIRE CHEZ ELLE ET ELLE COMPTE ÉNORMÉMENT À MES YEUX !
MALGRÉ TOUT...

ALORS, PEU IMPORTE LA PERSONNE QU'ELLE CHOISIRA POUR LA SOUTENIR.
ELLE NE POURRA JAMAIS GAGNER CONTRE MOI !
AOI ME SORT ÇA CALMEMENT…
SANS LA MOINDRE HÉSITATION…
COMME SI C'ÉTAIT L'ÉVIDENCE MÊME !

BON ! TU N'AS PLUS QU'À ALLER LA VOIR...
POUR LUI DIRE QUE TU VEUX SOUTENIR SA CANDIDATURE !
FAIS EN SORTE QU'ELLE ACCEPTE !
FACILE À DIRE...
MI... MIMIMI ?
TIENS ?
TU VOULAIS ME PARLER, FUMIYA ?
OUI, EUH... EH BIEN...
JE...
JE VOUDRAIS BIEN T'AIDER DURANT TA CAMPAGNE POUR LA PRÉSIDENCE DU CONSEIL DES ÉLÈVES, SI TU ES D'ACCORD...
HEIN ?!
EN Y RÉFLÉCHISSANT BIEN...
ÇA N'A PAS L'AIR SI DIFFICILE QUE ÇA...
JE POURRAIS MÊME T'ÊTRE UTILE, QUI SAIT...
JE VOIS !
MERCI BEAUCOUP POUR TA PROPOSITION, MAIS...
HUM ?

JE VAIS DEVOIR Y RÉFLÉCHIR D'ABORD !
REJETÉ !!
DEPUIS TOUJOURS, TU TE DISSIMULES DANS L'OMBRE ET TU N'AS JAMAIS EU À PARLER DEVANT UNE FOULE ENTIÈRE, ALORS...
J'HÉSITE UN PEU, TU COMPRENDS ?
VESTIAIRES N°2
BON, ON AURAIT DÛ PRÉVOIR QU'ELLE RÉAGIRAIT COMME ÇA...
ÉVIDEMMENT !
MERCI BIEN, HEIN !

C'EST ÉVIDENT QU'ELLE A DÉJÀ TROUVÉ QUELQU'UN POUR APPUYER SA CANDIDATURE, MAIS ON NE SAIT JAMAIS !
SI ELLE TE CHOISIT, CELA T'AIDERA BEAUCOUP À PROGRESSER…
SINON, TU DEVRAS REPRENDRE L'ENTRAÎNEMENT CLASSIQUE !
D'ACCORD, MAIS… ALLEZ ! DIS-MOI LA VÉRITÉ !
POURQUOI TU ME FAIS SUBIR ÇA ?
L'AUTRE JOUR, LORS DE NOTRE VIRÉE SHOPPING, JE T'AI TROUVÉ NÉGLIGENT ENVERS TA MISSION…
J'AI PENSÉ QU'IL VALAIT MIEUX TE METTRE UN BON COUP DE PRESSION POUR TE RÉVEILLER !
ZIEUTE
CAR MÊME UN ÉCHEC PEUT SERVIR DE LEÇON !
APRÈS TOUT, TU DISCUTES BIEN SOUVENT AVEC FÛKA, LA CIBLE DE TON CŒUR, EN CE MOMENT, ET…
TU PASSES AUSSI PAS MAL DE TEMPS À PAPOTER AVEC YUZU ET TAKAHIRO, QUEL PROGRÈS !
PRÉVIENS-MOI QUAND MIMIMI SE SERA DÉCIDÉE !
DANS QUATRE JOURS, APRÈS LES COURS, AURA LIEU LA PREMIÈRE RÉUNION PRÉPARATOIRE POUR LA CAMPAGNE…
ON POURRA SE REVOIR À CE MOMENT-LÀ.
ET C'EST COMME ÇA…
QUE JE ME SUIS RETROUVÉ À DEVOIR ME DÉBROUILLER TOUT SEUL PENDANT QUELQUE TEMPS.

SI J'AI DÉCIDÉ DE SOUTENIR MIMIMI DANS SA CANDIDATURE À LA PRÉSIDENCE DU CONSEIL DES ÉLÈVES...
C'EST PARCE QUE, EN TANT QUE CAPITAINE DE L'ÉQUIPE D'ATHLÉTISME, ELLE A TOUJOURS ...
MIMIMI !!
BONNE CHANCE !
FWIP
OH ! BONJOUR, FUMIYA !
JE TE PRÉSENTE CELLE QUI VA ME SOUTENIR DURANT MA CAMPAGNE !
ELLE EST PLUS JEUNE QUE MOI, MAIS ON SE CONNAÎT DEPUIS LE COLLÈGE, PUISQU'ON FAIT DE L'ATHLÉTISME ENSEMBLE !
JE M'APPELLE YUMIKO YAMASHITA !
ELLE PARLE FORT...
JE COMPRENDS MIEUX, MAINTE-NANT... TU AS BIEN FAIT DE NE PAS ME CHOISIR, FINALEMENT !
MOI, JE N'AURAIS JAMAIS PU M'EXPRI-MER D'UNE VOIX AUSSI PUISSANTE...
MERCI POUR TOUT, FUMIYA !
SI JAMAIS TU AS DES IDÉES À ME PROPOSER POUR LA CAMPAGNE, N'HÉSITE PAS À VENIR ME VOIR !
TU SAIS OÙ ME TROUVER !
À PLUS TARD...
OUI, EUH... J'ESSAIERAI D'Y PENSER.

VOILÀ ! LA CAMPAGNE ÉLECTORALE A DÉMARRÉ !
AOI AUSSI DOIT ÊTRE QUELQUE PART, EN TRAIN DE…
ザワ
BLA
ザワ
BLA
LA CANDIDATE QUE JE SOUTIENS EST LA PLUS BRILLANTE D'ENTRE NOUS, TOUT LE MONDE EN CONVIENDRA…
AOI EST INTELLIGENTE, ULTRA POPULAIRE ET SON LOOK EST DÉMENT !
BIEN SÛR, CE N'EST PAS LE PHYSIQUE QUI COMPTE, LORS DES ÉLECTIONS, N'EST-CE PAS ?
C'EST ICI QUE AOI A DÉCIDÉ DE CAPTIVER SON PUBLIC ?
ET ELLE A CHOISI TAKAHIRO POUR LA SOUTENIR ?
HA HA HA…
VOTEZ POUR ELLE !
OH ! ILS ATTIRENT LA FOULE !
ALORS, FINALEMENT…
ELLE A DEMANDÉ À TAKAHIRO D'APPUYER SA CANDIDATURE, HEIN ?
JE COMPRENDS… IL EST VRAIMENT DOUÉ POUR ÇA !
MERCI DE VOTER POUR MOI !
TU FAIS PARTIE DU CLUB DE TENNIS, PAS VRAI ?!
MAIS… COMMENT TU LE SAIS ?!

HAAA
JE T'APERÇOIS PARFOIS, DURANT MES SÉANCES D'ENTRAÎNEMENT, AU CLUB D'ATHLÉTISME !
IL ME SEMBLAIT BIEN T'AVOIR RECONNU !
AH... EUH...
JE COMPTE SUR TON VOTE, HEIN ?
HI HI
TOUT LE MONDE EST SOUS SON CHARME...
PLOP
PLOP
RIEN D'ÉTONNANT ! C'EST AOI HINAMI, LA FILLE LA PLUS POPULAIRE DU LYCÉE !
PLOP
TADAM
DERNIER DE LA FILE
NOUS AUSSI, ON PEUT T'AIDER À DISTRIBUER TES TRACTS ?
HA HA HA... VOUS ÊTES NOMBREUX, DITES DONC !
AUCUN DOUTE POS-SIBLE...
PERSONNE N'EST EN MESURE DE RIVALISER AVEC AOI !

AUJOURD'HUI ENCORE, JE ME SUIS ENTRAÎNÉ À DISCUTER AVEC YUZU !
PUIS, APRÈS LES COURS...
AUCUNE RÉUNION DE PRÉVUE.
ÇA VEUT DIRE QUE JE N'AURAI PERSONNE POUR M'EXERCER À LA CONVERSATION !
JE VAIS PEUT-ÊTRE RENTRER DE BONNE HEURE, POUR UNE FOIS ! ÇA FAISAIT LONGTEMPS...
MERCI POUR VOTRE VOTE !
FUMIYA !
REGARDE ! JE DISTRIBUE MES PROMESSES ÉLECTORALES !
TIENS, TU PEUX LES LIRE, TOI AUSSI !
EUH... MERCI.
LES PROMESSES ÉLECTORALES DE MIMIMI NANAMI.
1) METTRE EN PLACE DES ACTIONS CONCRÈTES VISANT À AMÉLIORER L'AMBIANCE GÉNÉRALE AU LYCÉE, EN INSISTANT NOTAMMENT SUR L'IMPORTANCE DES SALUTATIONS ET DE LA POLITESSE EN GÉNÉRAL.
2) INSTALLER UNE BOÎTE À IDÉES DANS LAQUELLE LES ÉLÈVES POURRONT GLISSER LEURS SUGGESTIONS QUI PERMETTRONT DE RENDRE NOTRE ÉTABLISSEMENT ENCORE PLUS AGRÉABLE À FRÉQUENTER.
3) SE DÉBARRASSER DES DISTRIBUTEURS AUTOMATIQUES DE FRIANDISES POUR FAVORISER UNE BONNE HYGIÈNE DE VIE.
MIMIMI ?

T'EN PENSES QUOI ?
C'EST PAS MAL, NON ?
OUI...
C'EST PAS VRAIMENT LE CONTENU QUI ME POSE PROBLÈME...
C'EST ÉTONNANT QU'ELLE N'AIT PAS REMARQUÉ QUE...
LES PROMESSES ÉLECTORALES DE MIMIMI NANAMI
1) METTRE EN PLACE DES ACTIONS CONCRÈTES VISANT À AMÉLIORER L'AMBIANCE GÉNÉRALE AU LYCÉE, EN INSISTANT NOTAMMENT SUR L'IMPORTANCE DES SALUTATIONS ET DE LA POLITESSE EN GÉNÉRAL
2) INSTALLER UNE BOÎTE À IDÉES DANS LAQUELLE LES ÉLÈVES POURRONT GLISSER LEURS SUGGESTIONS QUI PERMETTRONT DE RENDRE NOTRE ÉTABLISSEMENT ENCORE PLUS AGRÉABLE À FRÉQUENTER
3) SE DÉBARRASSER DES DISTRIBUTEURS AUTOMATIQUES DE FRIANDISES POUR FAVORISER UNE BONNE HYGIÈNE DE VIE.
4) DÉVELOPPER LES RENCONTRES SPORTIVES.
DÉSOLÉ, MAIS... IL Y A QUELQUES LACUNES DANS LA RÉDACTION DE TES PROMESSES ÉLECTORALES...
DES FAUTES DE FRAPPE, NOTAMMENT.
AH BON ? OÙ ÇA ?
VOYONS... ICI, PAR EXEMPLE.
IL Y A UN ESPACE EN TROP AU NIVEAU DU QUATRIÈME POINT.
ET À CET ENDROIT, IL Y A UNE COQUILLE QUI A DÛ ÉCHAPPER À TA RELECTURE...
ENFIN, J'IMAGINE...
BIEN SÛR, ON COMPREND LE SENS QUAND ON LIT LA PHRASE EN ENTIER, MAIS...
POUR QUELQU'UN QUI SURVOLE À PEINE LE TEXTE, ÇA PEUT DONNER UNE MAUVAISE IMPRESSION.
MERCI, FUMIYA ! T'ES PLUTÔT DOUÉ POUR CE GENRE DE TRUC, EN FIN DE COMPTE !
JE SUIS UN GEEK PASSIONNÉ DE JEUX VIDÉO ! ALORS FORCÉMENT, J'UTILISE BEAUCOUP MON PC ET LES PROBLÈMES DE MISE EN PAGE, ÇA ME CONNAÎT, VOILÀ TOUT...
JE T'EN PRIE...
MAIS FINALEMENT, CES PETITES ERREURS N'ONT PAS EU L'AIR DE DÉRANGER MIMIMI PLUS QUE ÇA, ET...
YUMIKO NE SEMBLAIT MÊME PAS LES AVOIR REMARQUÉES !
ON Y RETOURNE !
O.K. !

JE ME DEMANDE SI JE NE POURRAIS PAS VRAIMENT LUI ÊTRE UTILE, EN FIN DE COMPTE…
EN CORRIGEANT SES TEXTES, PAR EXEMPLE.
TOUT COMPTE FAIT…
MÊME SI, JE N'AI PAS RÉUSSI À CONVAINCRE MES AMIS DE SUIVRE MON PLAN PAR DEUX FOIS…
L'ENTRAÎNEMENT AURA PORTÉ SES FRUITS CAR, GRÂCE À LUI…
JE ME SENS DÉSORMAIS TOUT À FAIT CAPABLE DE CONVAINCRE MIMIMI DE M'ÉCOUTER !
MINAMI NANAMI
NANAMI
MIMIMI ?
OUI ?

SI TU VEUX, JE PEUX T'AIDER...
POUR TOUTES LES FINITIONS ET LES CHOSES DANS CE GENRE...
LES FINITIONS ?!
OUI, TU SAIS ? LES PETITS DÉTAILS, COMME CEUX QU'ON VIENT D'ÉVOQUER, À L'INSTANT... ÇA T'ENNUIERAIT D'AVOIR À FAIRE ÇA TOUTE SEULE, PAS VRAI, MIMIMI ?!
ET PUIS, TOUT CE QUI TOUCHE À L'INFORMATIQUE, C'EST MA SPÉCIALITÉ, ALORS...
BIEN SÛR !
C'EST VRAI QUE, POUR MA PART, JE NE SUIS PAS TRÈS DOUÉE DANS CE DOMAINE.
MAIS SURTOUT...
J'ADORE COMMENT RÉSONNE LE MOT "FINITIONS" À MES OREILLES !
J'AI ENVIE DE LE RÉPÉTER À NE PLUS POUVOIR M'ARRÊTER !!
À CE POINT-LÀ ?
ET SINON, QUE PENSES-TU DE MA PROPOSITION ? TU ES...
D'ACCORD !

JE TE REMERCIE DE ME PROPOSER TON AIDE, FUMIYA.
JE SUIS TOUTE SEULE DEPUIS LA FIN DES COURS…
PARCE QUE J'AI DEMANDÉ À YUMIKO DE DONNER LA PRIORITÉ AU CLUB D'ATHLÉTISME ET D'ALLER S'ENTRAÎNER !
C'EST PARTI !
DU COUP, JE SUIS VRAIMENT CONTENTE QUE TU SOIS LÀ, AVEC MOI, CE SOIR !
HA HA HA…
PARDON DE T'AVOIR DIT NON, L'AUTRE JOUR !
SUPER ! JE VAIS EXPLOITER CETTE OPPORTUNITÉ AU MAXIMUM POUR M'EN-TRAÎNER !
MAIS… JE PEUX TE DEMANDER QUELQUE CHOSE ?
POURQUOI TU TIENS TANT QUE ÇA À M'AIDER ?
JE VOIS…
ELLE S'ÉTONNE QUE J'INSISTE AUTANT ALORS QU'ELLE M'A DÉJÀ REFUSÉ !
JE NE PEUX PAS LUI DIRE QUE C'EST UNE IDÉE DE AOI, ET…
ÇA FERAIT UN PEU LOUCHE SI JE LUI DISAIS QUE JE SOUHAITE M'ENTRAÎNER À AVOIR UNE CONVERSATION NORMALE AVEC LES GENS.
EN FAIT, J'AIMERAIS…

VRAIMENT VOIR AOI PERDRE !
HEIN ?
BEN, OUI ! CETTE FILLE NE PERD JAMAIS, C'EST INJUSTE !
TU NE TROUVES PAS QU'ELLE EST TROP FORTE ?
MOI, J'AIME LA COMPÉTITION !
PLUS L'ADVERSAIRE EST FORT, PLUS JE M'ENFLAMME.
ALORS, JE FRÉMIS D'IMPATIENCE À L'IDÉE D'AFFRONTER AOI ET DE LA VAINCRE.
FUMIYA…
JE NE TE SAVAIS PAS SI ORGUEILLEUX !
HA HA…
MAIS… C'EST MÊME PAS VRAI, D'ABORD !
HA HA HA !
JE NE SAIS PAS CE QUI M'A PRIS…
C'EST SORTI TOUT SEUL !

TOUT VA BIEN, NE T'EN FAIS PAS !
ÇA RESTE ENTRE NOUS, O.K. ?
APRÈS TOUT, MOI AUSSI, JE SUIS UN PEU COMME ÇA !
HEIN ?
JE COMPTE BIEN...
L'EMPORTER FACE À AOI !

JE PENSE QUE…
SI JE ME DONNE À FOND, IL Y A UNE PETITE CHANCE…
POUR QUE JE PARVIENNE À LUI DONNER DES SUEURS FROIDES.
CE MATIN, JE LES AI OBSERVÉS, TAKAHIRO ET ELLE…
ET POUR ÊTRE HONNÊTE…
J'AI TROUVÉ QU'ILS ÉTAIENT SUPER DOUÉS !
LA CANDIDATE QUE JE SOUTIENS EST LA PLUS BRILLANTE D'ENTRE NOUS, TOUT LE MONDE EN CONVIENDRA.
AOI EST INTELLIGENTE, ULTRA POPULAIRE ET SON LOOK EST DÉMENT !
LE FAMEUX DISCOURS…
EN LES ÉCOUTANT, JE ME SUIS DIT QUE ÇA CRAIGNAIT POUR MOI ! IL FAUT ABSOLUMENT QUE JE FASSE QUELQUE CHOSE…
POUR CHANGER LA DONNE !
TU TOMBES VRAIMENT À PIC, FUMIYA !
JE COMPTE SUR TOI POUR M'AIDER À RENVERSER LA SITUATION !
ALLEZ ! ON S'Y MET TOUT DE SUITE !
EUH… D'ACCORD…

BIEN ! COMMENÇONS PAR CORRIGER CE TEXTE !
UNE SECONDE !
TES PROMESSES, TU COMPTES LES DISTRIBUER UNIQUEMENT AUX AUTRES ÉLÈVES, N'EST-CE PAS ?
ÉVIDEMMENT.
ALORS, NE T'EMBÊTE PAS À LES CORRIGER !
AH BON ?
C'ÉTAIT UNE MAUVAISE IDÉE DÈS LE DÉPART.
LES ÉLÈVES S'EN FICHENT QUE TU LEUR PRÉSENTES TON PROGRAMME, ÇA LES ASSOMME !
LES SALUTATIONS, LES RENCONTRES SPORTIVES, TOUT ÇA... ÇA LES ENNUIE !
BON... T'AS PEUT-ÊTRE RAISON.
MAIS SI TU TIENS VRAIMENT À DISTRIBUER TON PAPIER...
TU VAS DEVOIR AUSSI EN DONNER AUX PROFS, FAIS ATTENTION...
COMMENÇONS DÉJÀ PAR RASSEMBLER DES IDÉES QUI POURRAIENT INTÉRESSER LES AUTRES LYCÉENS.
CE QUE J'ESSAIE DE FAIRE, À CET INSTANT...

À LA BASE, LA PLUPART DES ÉLÈVES NE S'INTÉRESSENT QU'À CE QUI POURRAIT AMÉLIORER LEUR PETIT CONFORT PERSONNEL AU SEIN DU LYCÉE...
C'EST UNE BIEN TRISTE VÉRITÉ...
ET LES CANDIDATES À LA PRÉSIDENCE DU CONSEIL DES ÉLÈVES L'ONT BIEN COMPRIS, CAR LEUR STRATÉGIE EST DE REMPORTER UN MAXIMUM DE VOIX, EN FAISANT DES PROMESSES SUPPOSÉES COMBLER LES DÉSIRS ÉGOÏSTES DE LEURS ÉLECTEURS.
SI TU SOUHAITES ABSOLUMENT QUE TA PROPOSITION SOIT VALIDÉE...
TU N'AS PAS D'AUTRE CHOIX QUE DE SUIVRE CES RÈGLES !
POURTANT... MIMIMI SEMBLE MENER CETTE CAMPAGNE À SA FAÇON, ELLE.
ET ELLE TIENT VRAIMENT À REMPORTER CES ÉLECTIONS.
AH
JE DEVRAIS PEUT-ÊTRE LUI DEMANDER CE QUI LA MOTIVE...
MIMIMI ? POURQUOI TU SOUHAITES DEVENIR PRÉSIDENTE DU CONSEIL DES ÉLÈVES, AU JUSTE ?
HEIN ? C'EST SEULEMENT MAINTENANT QUE TU ME DEMANDES ÇA ?!
BEN, PUISQU'ON EST EN TRAIN DE RÉVISER TES PROMESSES...
JE NE VOUDRAIS PAS QUE MES PROPOSITIONS AILLENT À L'ENCONTRE DE TES INTENTIONS D'ORIGINE !
AH, OUI ! ÉVIDEMMENT...

EN RÉALITÉ, ÇA FAIT UN MOMENT QUE JE VOULAIS TE POSER LA QUESTION !
TU COMPRENDS ? PARCE QUE...
C'EST QUAND MÊME AOI QUE TU AFFRONTES !
JE LE SAVAIS !
EUH... DE QUOI TU PARLES ?
TU T'INQUIÈTES POUR MOI, CAR AOI A VRAIMENT L'INTENTION DE GAGNER, MAIS JE TE RASSURE...
MOI AUSSI, JE VEUX REMPORTER CES ÉLECTIONS !

TU SAIS ? MOI AUSSI, J'AI MA FIERTÉ !
MAIS TU NE COMPTES TOUT DE MÊME PAS RÉVOLUTIONNER LE LYCÉE EN ACCAPARANT LE POUVOIR DE FAÇON DESPOTIQUE, N'EST-CE PAS ?
BIEN SÛR QUE NON !
HA HA HA... J'AI EU PEUR...
ME VOILÀ RASSURÉ.
EH BIEN... T'EN FAIS, UNE DRÔLE DE TÊTE !
AOI EST UNE ADVERSAIRE REDOUTABLE, JE LE SAIS, MAIS...
JE COMPTE BIEN LA BATTRE !

GRÂCE À AOI…
J'APPRÉCIE DE PLUS EN PLUS CE JEU ÉTRANGE QU'ON APPELLE "LA VIE".
JE COMMENCE MÊME À DÉVELOPPER UN INTÉRÊT POUR CERTAINS DE SES ASPECTS.
ET MAINTENANT, JE RÊVE DU JOUR…
OÙ JE POURRAI AFFRONTER CE BOSS TERRIBLE QUI SE NOMME AOI HINAMI !
TOUT CE QUE M'A ENSEIGNÉ AOI…
CES EXERCICES VISANT À M'AIDER À M'AMÉLIORER DANS LA VIE…
SI JE COMBINAIS TOUT ÇA AVEC LA FORCE DE CARACTÈRE DE MIMIMI POUR ME BATTRE…
JE DEVRAIS POUVOIR TENIR TÊTE À AOI DANS NOTRE DUEL, ET…
AVEC UN PEU DE CHANCE…
MAIS JE NE SUIS PAS ASSEZ FORT !
JE NE FAIS PAS ENCORE LE POIDS, DU MOINS, EN APPARENCE, MAIS…
QU'EN EST-IL DE MA FORCE INTÉRIEURE ?

JE PARVIENDRAI PEUT-ÊTRE ...
À LA VAINCRE !
MIMIMI ?
SI ON SE LANCE DANS CE COMBAT...
AUTANT Y ALLER À FOND ! PAS VRAI...
TOUT À FAIT !

PPORTER DES
HANGEMENTS
UX MENUS DE
ANTINE... ALLON
PAUSE DÉJEUNE
ÉVELOPPER LE
ANIMATIONS
URELLES... MOD
L'UNIFORME DU
VOILÀ À QUOI RESSEMBLENT DES PROMESSES ÉLECTORALES CLASSIQUES.
J'AI DEMANDÉ CONSEIL À LA PROF...
ET ELLE M'A RÉPONDU DE PRENDRE EXEMPLE SUR CES IDÉES.
J'AI COMME L'IMPRESSION DE TRICHER...
MAIS NON, VOYONS ! ON NE FAIT QUE SE BATTRE À LA LOYALE !
LE DISCOURS DES CANDIDATES EST PRÉVU POUR LA FIN DE LA SEMAINE !
MAIS SI AOI CONTINUE À PRENDRE DE L'AVANCE DANS LES INTENTIONS DE VOTE...
DZING
RENOMMÉE
ELLE VA GAGNER, MÊME SI MIMIMI FAIT UNE EXCELLENTE ALLOCUTION !
EN PLUS, MIMIMI N'A PAS RÉUSSI À RASSEMBLER AUTANT DE PERSONNES POUR LA SOUTENIR QUE AOI ALORS, LE DUEL RISQUE D'ÊTRE COMPLIQUÉ...
L'ÉCART DE POPULARITÉ EST SI IMPORTANT...
QU'IL EN EST MÊME ÉCRASANT !
C'EST BIEN CELA, LE STYLE DE COMBAT DE NO NAME (AOI)...
RENTRER DANS LE LARD DE SON ADVERSAIRE DE TOUTES SES FORCES !
ET C'EST LÀ QUE MOI, NANASHI, J'INTERVIENS POUR TROUVER UNE CONTRE-ATTAQUE !

JE DOIS INVENTER UNE STRATÉGIE QUI PERMETTRA À MIMIMI DE PROTÉGER SES ARRIÈRES…
FACE À LA PUISSANCE DE FRAPPE DE AOI !

DURANT CETTE CAMPAGNE ÉLECTO-RALE…
FACE À UNE COMPÉTITRICE QUI SE DONNE À FOND DANS UNE CONFRONTATION DIRECTE…
JE VAIS DEVOIR TROUVER UN MOYEN…
D'AIDER MA CHAMPIONNE À RÉPLIQUER…
AVEC EFFICACITÉ !

GUIDE DU JOUEUR 15 : MÊME LA VRAIE
VIE RESSEMBLE À UN JEU VIDÉO,
ÇA NE S'ARRÊTE PLUS (2).

ET VOICI MON PLAN D'ATTAQUE…
GRAB
ぎゅ
TAMA ! JE TE TROUVE ENCORE PLUS MIGNONNE, AUJOURD'HUI !
MIMIMI ?!
SMACK
HÉ !
QU'EST-CE QUE TU FABRIQUES, MIMIMI ?
AH ! TU TOMBES BIEN, SHIORI ! J'AI UNE ANNONCE À FAIRE AUX MEMBRES DU CLUB DE VOLLEY !
UNE ANNONCE ?!
JE SUPPOSE QUE TU ES AU COURANT QUE JE ME PRÉSENTE AUX ÉLECTIONS POUR DEVENIR LA PROCHAINE PRÉSIDENTE DU CONSEIL DES ÉLÈVES…

PLIC
ET JE COMPTE BIEN OBTENIR LE BUDGET POUR ACHETER UNE POMPE ÉLECTRIQUE AFIN DE GONFLER LES BALLONS DU CLUB DE VOLLEY, ALORS…
JE VOUS ENCOURAGE TOUS VIVEMENT À VOTER POUR MOI, D'ACCORD ?
UNE POMPE ÉLECTRIQUE ?!
ÇA VA BEAUCOUP AMÉLIORER LA VIE DU CLUB, TU VERRAS !
HUM…
J'AI COMPRIS ! TU PEUX COMPTER SUR MOI, MAIS ATTENTION…
T'AS INTÉRÊT À TENIR TA PROMESSE ET À NE PAS TOUT FAIRE POUR PRIVILÉGIER LE CLUB D'ATHLÉTISME !
BLUSH
SMACK
MERCI BEAUCOUP, SHIORI !
JE T'ADORE !
C'EST BON, N'EXAGÈRE PAS !
ELLE NE TREMBLE MÊME PAS…
MIMIMI EST FRANCHEMENT DOUÉE EN COMMUNICATION ET ELLE A UN DON POUR ABORDER LES GENS !
SI J'AVAIS ÉTÉ À SA PLACE, LA CONVERSATION SE SERAIT ARRÊTÉE NET, TELLEMENT J'AURAIS ÉTÉ GÊNÉ…
J'AI TELLEMENT L'HABITUDE !
SUPER ! MAINTENANT, DIRECTION LE CLUB DE BASKET, FUMIYA !

AH ! J'OUBLIAIS...
TAMA ? ♡ TU PEUX ESSAYER DE TE TOUCHER LE DOS, S'IL TE PLAÎT ?
EUH... O.K.
POURQUOI ?
MAIS...
ピクッ
PLIC
MI...
MIMIMI ?!
QU'EST-CE QUI SE PASSE ?
JE SUIS JUSTE TRÈS DOUÉE AVEC MES DOIGTS !
FUYONS, FUMIYA !
DASH
?!
ELLE EST FORTE, CELLE-LÀ...
C'EST QUAND ELLE M'A SAUTÉ SUR LE DOS TOUT À L'HEURE ?

QU'EST-CE QUE T'EN PENSES ? ÇA S'EST PLUTÔT BIEN PASSÉ, NON ?
T'ASSURES, FUMIYA !
MAIS NON, MIMIMI ! C'EST TOI QUI AS RÉUSSI À LES CONVAINCRE !
VOICI LA STRATÉGIE QUE J'AI INVENTÉE...
POUR QUE MIMIMI AIT UNE CHANCE DE VAINCRE AOI !
LES AMIS ! VOUS RÊVEZ TOUS...
D'UNE POMPE ÉLECTRIQUE, N'EST-CE PAS ?
LA STRATÉGIE DE LA POMPE ÉLECTRIQUE !
RE POMPE ÉLECTRIQUE !
L'IMPACT SUR LES CLUBS DE VOLLEY, DE FOOT ET DE BASKET A ÉTÉ IMPRESSIONNANT !
NOUS AVONS REÇU ÉNORMÉMENT DE PROMESSES DE VOTE !
GRÂCE À MON PLAN, MIMIMI A BEAUCOUP GAGNÉ EN POPULARITÉ !
C'EST UN OBJET QUI NE COÛTE PAS TRÈS CHER, ENVIRON 50 €...
ET QUI PERMET D'ÉVITER UNE CORVÉE CONTRAIGNANTE.
ON EN VEUT UNE !
TOUT LE MONDE ÉTAIT RAVI !
ON VA VOTER POUR TOI !
AVEC TOUT ÇA, J'AI UNE CHANCE DE GAGNER CONTRE AOI, NON ?
PEUT-ÊTRE...
TOUS LES MEMBRES DES CLUBS PRÉSENTS ONT PROMIS DE VOTER POUR ELLE...
CE QUI FAIT À PEU PRÈS UNE CENTAINE D'ÉLÈVES !
POUR UNE CAMPAGNE NORMALE, CELA AURAIT LARGEMENT SUFFI, MAIS LÀ...
C'EST AOI QU'ON AFFRONTE, ALORS JE PENSE QU'IL VA NOUS EN FALLOIR BIEN PLUS !

LA COMPÉTITION VA SE JOUER ENTRE MIMIMI ET AOI…
ET REPOSERA SUR LEUR CAPACITÉ D'ENDURANCE !
À VRAI DIRE, AOI A UN PEU RELÂCHÉ SON ATTENTION, CETTE FOIS.
ELLE CONTINUE DE SE DONNER À FOND DANS CE DUEL AU SOMMET, MAIS…
ELLE EST TELLEMENT SÛRE DE GAGNER, PUISQU'ELLE N'A JAMAIS PERDU DE TOUTE SA VIE…
QU'ELLE SE SENT INVINCIBLE !
OBTENIR PROMESSES DE VOTE
AVEC DE BONS ARGUMENTS
AOI N'A PAS BESOIN D'AIDE POUR RASSEMBLER UNE FOULE IMMENSE DE SYMPATHI-SANTS !
C'EST ÇA, LA FORCE DE NO NAME…
ÉCRASER L'ADVERSAIRE SOUS LE POIDS IMPRESSION-NANT DE SA POPULARITÉ !
CE N'EST PAS SUR CE TERRAIN QU'ON POURRA LA BATTRE !
AOI EST INATTEIGNABLE, À CE NIVEAU-LÀ !
C'EST POURQUOI, TOUT À L'HEURE, J'AI PROPOSÉ À MIMIMI…

ON VISE LES 51 % !
STATISTIQUEMENT PARLANT...
OBTENIR 51 % DES VOTES LORS D'UNE ÉLECTION, C'EST COMME OBTENIR 100 % !
LA STRATÉGIE DE LA POMPE ÉLECTRIQUE M'A DONNÉ UNE IDÉE...
CHERCHER À AVOIR UN MAXIMUM D'IMPACT AUPRÈS DE GROUPES BIEN CIBLÉS !
51 %
J'EN VEUX UNE !
MOI AUSSI !
ET MOI !
NON, PAS MOI !
SUR LA TOTALITÉ DES VOTANTS, ON LAISSE TOMBER LES 49 % DONT LES INTENTIONS NE SONT PAS SÛRES, ET...
ON FAIT TOUT POUR SÉCURISER LE VOTE DES 51 % RESTANT.
49 %
ON OUBLIE L'IDÉE DE RASSEMBLER LE PLUS DE SYMPATHISANTS POSSIBLE.
AOI S'EFFORCE DE RASSEMBLER LA MAJORITÉ, ET...
S'ÉPUISE À ATTEINDRE LE 100 %, CE QUI EST IMPOSSIBLE !
49 %
51 %
TANDIS QUE NOUS, ON SE CONCENTRE SUR LE 51 %, UN OBJECTIF PLUS RAISONNABLE...
QU'ON EST À PEU PRÈS SÛRS DE POUVOIR CONCRÉTISER.

JE VIENS DE TROUVER LA FAILLE DE AOI !
EN GROS, JE TENTE UN COUP DE POKER !
SI AOI DÉCOUVRE MON PLAN, ELLE ME DÉTRUIT EN SUIVANT !
CRITICAL!!
JE N'AI DROIT QU'À UN SEUL ESSAI...
C'EST ASSEZ COURANT, COMME SITUATION, DANS LE MONDE DES DUELS.
AU FAIT, FUMIYA...
POURQUOI EST-CE QUE TU TIENS TANT QUE ÇA À VAINCRE AOI ?
MAIS...
JE TE L'AI DÉJÀ EXPLIQUÉ, JE CROIS.
J'AIME LES JEUX ET LA COMPÉTITION !
PLUS MON ADVERSAIRE EST FORT, PLUS JE M'ENFLAMME.
C'EST TOUT ?

TU SAIS, JE SUIS PLUTÔT FORT À SUPER ATTACK FAMILIES MAIS...
AOI L'EST TOUT AUTANT QUE MOI.
AH ! JE LE SAVAIS !
ALORS TOUT ÇA, C'EST JUSTE POUR TE VENGER DE AOI, HEIN ?
PARCE QUE T'AS PERDU CONTRE ELLE À CE JEU ?
NON, C'EST MOI QUI AI GAGNÉ.
!
QUOI ? T'AS BATTU AOI ?
C'EST PAS VRAI ?!
T'AS TRICHÉ, OU QUOI ?
MAIS NON... AOI EST LA MEILLEURE ADVERSAIRE CONTRE QUI J'AI EU LA CHANCE DE JOUER JUSQU'À PRÉSENT.
C'EST LA PREMIÈRE JOUEUSE QUI A RÉUSSI À ME DONNER DES SUEURS FROIDES PENDANT UN MATCH...
EN ME FAISANT CRAINDRE LA DÉFAITE !
MAIS LE TERRAIN DE PRÉDILECTION DE AOI...
CE N'EST PAS SUPER ATTACK FAMILIES ! C'EST SURTOUT DANS LA VRAIE VIE QU'ELLE EST LA PLUS FORTE !
MÊME SI JE L'AI BATTUE À SUPER ATTACK FAMILIES ...
JE SAIS QUE JE NE SUIS PAS DE TAILLE À L'AFFRONTER DANS LE MONDE RÉEL ET ÇA ME TUE !
C'EST POURQUOI JE VEUX TOUT FAIRE POUR LA RENVERSER !
JE VEUX VRAIMENT GAGNER !
C'EST LE JOUEUR EN MOI QUI TE PARLE, LÀ !

ZIEUTE
MAIS JE SAIS BIEN QUE JE N'EN SUIS PAS ENCORE CAPABLE...
JE ME SUIS DIT QU'AVEC TOI, J'AVAIS PEUT-ÊTRE UNE CHANCE...
JE VOIS... JE COMPRENDS MIEUX, MAINTENANT.
ET TOI, MIMIMI ? POURQUOI T'AS DÉCIDÉ D'AFFRONTER AOI ?
HUM...
AH, PARDON ! SI T'AS PAS ENVIE D'EN PARLER, JE COMPRENDS...
ÇA VA ! APRÈS TOUT, CE N'EST PAS COMME SI ÇA AVAIT BEAUCOUP D'IMPORTANCE, N'EST-CE PAS ?
MAIS D'ABORD, UNE PETITE QUESTION !

QUEL EST LE SOMMET LE PLUS HAUT DU JAPON ?
MOUNTAIN
EUH... LE MONT FUJI ?
BRAVO ! ET LE DEUXIÈME ?!
LE DEUXIÈME ? EUH... VOYONS...
BOUH ! TEMPS ÉCOULÉ !
ET MAINTENANT, QUI ÉTAIT LE PREMIER PRÉSIDENT DES USA ?
GEORGE WASHINGTON !
EXACT ! ET LE DEUXIÈME ?!
EUH... C'ÉTAIT QUI, DÉJÀ ?
OH ! QUEL DOMMAGE ! ENCORE PERDU !
QUELLE FILLE A FINI PREMIÈRE À LA COMPÉTITION SPORTIVE DE NOTRE LYCÉE EN MAI DERNIER ?
BEN... C'EST AOI, BIEN SÛR.
ÉVIDEMMENT !!
ET QUI EST ARRIVÉE DEUXIÈME, D'APRÈS TOI ?

N'EST-CE PAS ? VOILÀ, TOUT EST DIT !
LE PREMIER OBTIENT LES LAURIERS DE LA GLOIRE ET LES GENS SE SOUVIENNENT DE LUI PENDANT LONGTEMPS…
TANDIS QUE LE SECOND SOMBRE PRESQUE IMMÉDIATEMENT DANS L'OUBLI !
ALORS, LA FILLE QUI A FINI DEUXIÈME À LA COMPÉTITION SPORTIVE…
J'EN SAIS RIEN…
BINGO ! C'EST BIEN MOI ! ÇA T'ÉTONNE ?
EH OUI !
C'EST MOI, LA FANTASTIQUE MINAMI NANAMI, QUI SUIS ARRIVÉE DEUXIÈME DU CLASSEMENT !
ET C'EST À CHAQUE FOIS LA MÊME CHOSE, DANS TOUTES LES MATIÈRES, DURANT LES TESTS DE FIN D'ANNÉE !
À CAUSE DE ÇA, JE SUIS SOUVENT DÉPRIMÉE, À CETTE PÉRIODE…
AH BON ? POURTANT, TU SEMBLES TOUJOURS DE BONNE HUMEUR…
C'EST TRÈS IMPOLI D'INTERROMPRE LES GENS !
MAIS ÉVIDEMMENT, PERSONNE N'A JAMAIS RIEN REMARQUÉ…

CAR MOI, MINAMI NANAMI…
JE SOURIS TOUJOURS, COMME CES POUPÉES TRADITIONNELLES, ET…
JE SUIS AUSSI ÉCLATANTE QUE L'ŒILLET DU JAPON…
HU HU HU…
JE PENSAIS QUE L'ŒILLET ÉTAIT L'APANAGE DES GARÇONS…
PAS LA PEINE DE RELEVER MES INCOHÉRENCES, FUMIYA !
MAIS MERCI DE NE PAS M'AVOIR CONTREDITE POUR LE RESTE…
C'EST GENTIL !
VOILÀ…
TU SAIS TOUT, MAINTENANT…
JE VIENS SEULEMENT DE RÉALISER À QUEL POINT…
MIMIMI SOUFFRE D'ÊTRE CONSTAMMENT DANS L'OMBRE DE AOI…
SON AMIE, SI BRILLANTE, AU POINT DE L'ÉCLIPSER SANS CESSE !
C'EST POUR ÇA…
QUE JE VEUX À TOUT PRIX GAGNER CES ÉLECTIONS.

C'EST BIEN CE QUE JE PENSAIS...
MIMIMI A VRAIMENT L'INTENTION DE REMPORTER CETTE COMPÉTITION !
NOUS SOMMES DANS LE MÊME BATEAU, ELLE ET MOI...
ON VA DEVOIR SE BATTRE.
LORSQUE J'AI COMMENCÉ À M'ENTRAÎNER SÉRIEUSEMENT À SUPER ATTACK FAMILIES...
J'AI D'ABORD ESSAYÉ D'IMITER LES MEILLEURS JOUEURS !
À PRÉSENT, JE FAIS EXACTEMENT LA MÊME CHOSE DANS LA VRAIE VIE, EN COPIANT LA PERSONNE LA PLUS BRILLANTE !
JE NE FAIS QUE REPRODUIRE LA MANIÈRE DE FAIRE DE AOI HINAMI...
AUTREMENT DIT, LA MÉTHODE DE NO NAME...
QUI CONSISTE À ÉCRASER SON ADVERSAIRE SOUS LE POIDS D'UNE CHARGE FRONTALE DÉMENTE.
SI J'AVAIS EU LE CHOIX, CE N'EST PAS COMME ÇA QUE J'AURAIS PROCÉDÉ...
MOI, NANASHI, JE N'AI PAS L'HABITUDE DE ME BATTRE DE CETTE FAÇON !
AOI M'A ENSEIGNÉ TOUTES SORTES DE RÈGLES POUR M'EN SORTIR DANS LA VIE DE TOUS LES JOURS, ET...
M'A FAIT COMPRENDRE QUE JE NE POUVAIS PAS APPLIQUER DANS LA RÉALITÉ LES MÊMES MÉTHODES QUE J'EMPLOIE DANS LES JEUX VIDÉO.
MAIS J'AI UN DOUTE, À PRÉSENT...

EST-CE QUE C'EST VRAIMENT IMPOSSIBLE...
DE FAIRE COMME DANS LES JEUX VIDÉO ?
LE LENDEMAIN.
JE N'AI PAS ENCORE PRÉPARÉ MON DISCOURS POUR LE DÉBAT OFFICIEL DE LA CAMPAGNE QUI AURA LIEU APRÈS-DEMAIN...
J'AI ESSAYÉ DE TRAVAILLER DESSUS, MAIS JE MANQUE D'INSPIRATION...
ET SI TU ME CONFIAIS LA RÉDACTION DE TON DISCOURS...
T'EN DIS QUOI ?

TU SAIS, MIMIMI... TOI, TU ES PLUTÔT DOUÉE POUR RENCONTRER LES GENS ET DISCUTER AVEC EUX.
TU DEVRAIS TE CONCENTRER LÀ-DESSUS, SI TU VEUX MON AVIS.
HUM
MON POINT FORT À MOI, C'EST D'ÉLABORER DES STRATÉGIES ET RÉDIGER DES PLANS, ALORS...
JE PENSE QUE JE DEVRAIS ÉCRIRE TON DISCOURS, PENDANT QUE TU ÉCHANGES AVEC LES AUTRES ÉLÈVES.
C'EST PAS UNE MAUVAISE IDÉE...
ÇA M'ARRIVE DE RÉFLÉCHIR, PARFOIS...
OUI ! C'EST PARFAIT ! TU M'ENLÈVES UNE BELLE ÉPINE DU PIED !
GRÂCE À TOI, JE ME SENS SOULAGÉE, À PRÉSENT !
ÇA FAIT MAL !
ET C'EST AINSI QUE MIMIMI EST PARTIE, REGONFLÉE À BLOC, À LA RENCONTRE DES ÉLÈVES DE 1re ANNÉE, AFIN DE LES CONVAINCRE DE VOTER POUR ELLE...
ET MOI, JE ME RETROUVE AVEC UN NOUVEAU DÉFI À RELEVER... EN SUIS-JE CAPABLE ?
JE COMPTE SUR TOI !
JE N'AI PLUS LE CHOIX, IL FAUT QUE JE ME LANCE...

ALORS, PARMI CES PROPOSITIONS, LAQUELLE TE PLAÎT LE PLUS ?
JE DIRAIS... LA TOUTE PREMIÈRE.
HUM...
JE M'EN DOUTAIS... O.K. ! MERCI POUR TON AIDE...
TAMA !
OUAIS...
DE RIEN ! J'AI PAS COMPRIS À QUOI TOUT ÇA ALLAIT SERVIR, MAIS BON...
TU VOUDRAIS BIEN EN SAVOIR PLUS, HEIN ?
PAS VRAIMENT.
HEIN ?
J'IMAGINE QUE T'AS PAS ENVIE DE PERDRE TON TEMPS À M'EXPLIQUER, PAS VRAI ?
ET PUIS, J'AI COMPRIS QUE C'ÉTAIT POUR AIDER MIMIMI DANS SA CAMPAGNE, ALORS...
ÇA ME SUFFIT !
AH BON ?
ELLE EST TRÈS DIRECTE, COMME FILLE...
ÇA M'ARRANGE UN PEU, FINALEMENT...
MAIS...

NE LA POUSSE PAS TROP QUAND MÊME, HEIN ?
PARDON ?!
MIMIMI A TENDANCE À DÉPASSER SES LIMITES, ALORS...
FAIS ATTENTION À CE QU'ELLE NE S'ÉPUISE PAS À LA TÂCHE !
BIEN SÛR...
PARCE QU'ON A BEAU LUI DIRE DE SE MÉNAGER, ELLE N'EN FAIT QU'À SA TÊTE !
T'AS INTÉRÊT À VEILLER SUR ELLE, D'ACCORD ?
C'EST À CET INSTANT SEULEMENT QUE J'AI RÉALISÉ...
À QUEL POINT TAMA TENAIT À MIMIMI ET S'INQUIÉTAIT POUR ELLE.
ELLE VENAIT DE ME LE PROUVER EN S'EXPRIMANT DE MANIÈRE SI DIRECTE !
LES SENTIMENTS QUI L'HABITAIENT, L'AVAIENT POUSSÉE À CHOISIR CES MOTS-LÀ !

TU PEUX ME FAIRE CONFIANCE !
NE ME DÉÇOIS PAS !
AH ! C'EST VRAI... J'AVAIS AUTRE CHOSE À LUI DEMANDER !
JE CHANGE COMPLÈTEMENT DE SUJET, MAIS BON...
L'AUTRE JOUR, MIMIMI A DIT QU'ELLE ÉTAIT "PLUTÔT DOUÉE AVEC SES DOIGTS"... TU PEUX ME DIRE DE QUOI ELLE PARLAIT EXACTEMENT ?
ぼっ
BLUSH
C'EST PAS UNE CHOSE QU'ON DEMANDE À UNE FILLE, ÇA !
OUPS, DÉSOLÉ...

EN FAIT, TU CACHES UN CÔTÉ SOMBRE ! N'EST-CE PAS, FUMIYA ?
TU N'HÉSITES PAS UNE SECONDE À EMBOBINER DE PAUVRES PETITS ÉLÈVES DE 1re ANNÉE...
QU'EST-CE QUE TU RACONTES ?
ON EST EN PLEINE CAMPAGNE ÉLECTORALE, ALORS C'EST NORMAL D'AGIR COMME ÇA !
T'AS RAISON ! POUR GAGNER CES ÉLECTIONS, IL FAUT SE DONNER À FOND ! ALLEZ, C'EST PARTI POUR...
MIMIMI M'A CONFIÉ LA MISSION DE CONQUÉRIR LES ÉLÈVES DE 1re ANNÉE !
"L'OPÉRATION CLIMATISATION" !!
JE DOIS ALLER À LEUR RENCONTRE ET LEUR TRANSMETTRE LA PROMESSE DE MIMIMI, QUI S'ENGAGE À INSTALLER LA CLIM DANS CHAQUE CLASSE, SI ELLE EST ÉLUE PRÉSIDENTE DU CONSEIL DES ÉLÈVES.
LE PLUS IMPORTANT, C'EST DE TOURNER AVEC CETTE PROMESSE UNIQUEMENT DANS LES CLASSES DE 1re ANNÉE !
ET JE VOUS PROMETS QUE, SI JE SUIS ÉLUE...
POURQUOI SEULEMENT DANS LES CLASSES DE 1re ANNÉE, ME DEMANDEREZ-VOUS ?
TOUT SIMPLEMENT PARCE QUE LES ÉLÈVES DES CLASSES SUPÉRIEURES SAVENT D'ORES ET DÉJÀ QUE C'EST QUASIMENT IMPOSSIBLE D'OBTENIR LA CLIM' DANS CE LYCÉE...
ILS NE SE LAISSERONT PAS BERCER PAR CETTE ILLUSION.
AVEC LA CLIM, ON ARRIVE PLUS FACILEMENT À SE CONCENTRER !
VOUS AVEZ CHAUD DANS VOS CLASSES, PAS VRAI ?
MAIS LES ÉLÈVES DE 1re ANNÉE, EUX, IGNORENT ENCORE CETTE TRISTE VÉRITÉ !
EN ÉCOUTANT LE DISCOURS ENFLAMMÉ DE MIMIMI, ILS VONT SE LAISSER CONVAINCRE DE VOTER POUR ELLE, AUGMENTANT AINSI NOS STATISTIQUES...
JE VOUS PROMETS QUE LA CLIM SERA INSTALLÉE.
LA QUESTION DE LA CLIMATISATION EST CRUCIALE POUR TOUS LES ÉLÈVES !

LA CLIM'... C'EST LE SUJET QUI VA NOUS PERMETTRE DE GAGNER LE VOTE DES ÉLÈVES DE 1re ANNÉE !
LA STRATÉGIE DE LA CLIMATISATION
BON ! PASSONS MAINTENANT AU DISCOURS QUE TU PRONONCERAS LORS DU DÉBAT ÉLECTORAL !
OUI... D'ACCORD...
ON VA PIQUER LA MÉTHODE DE AOI, MAIS BON...
POUR OBTENIR LE SOUTIEN DE SON AUDITOIRE, IL FAUT RÉUSSIR À CAPTER SON ATTENTION DÈS LE DÉBUT, C'EST TRÈS IMPORTANT !
MAIS CE N'EST PAS SI FACILE, QUAND ON EST DEVANT UNE FOULE IMMENSE...
ON VA EMPLOYER QUELQUES ASTUCES POUR Y PARVENIR !
J'AIMERAIS QUE TU ESSAIES DE LES FAIRE RIRE, AU DÉBUT.
ATTENDS ! UNE MINUTE !
TU CROIS QU'IL ME SUFFIT DE CLAQUER DES DOIGTS POUR LES AMUSER ?!
C'EST TOUT UN ART DE SAVOIR FAIRE RIRE LES GENS !
JE LE SAIS BIEN !
JE NE TE DEMANDE PAS DE SORTIR DES VANNES À TOUR DE BRAS, COMME UNE HUMORISTE PROFESSIONNELLE...
MAIS SI TU TE SENTAIS CAPABLE...
DE LES DIVERTIR AVEC DES ANECDOTES PERSONNELLES, ÇA POURRAIT LE FAIRE !
ÇA A BIEN FONCTIONNÉ POUR AOI, LA DERNIÈRE FOIS...
TU POURRAIS IMITER LES TICS DE CERTAINS PROFS QUE TOUT LE MONDE CONNAÎT.
JE VOIS... ET COMME ÇA, J'OBTIENDRAI L'ADHÉSION DU PUBLIC !
JE POURRAIS IMITER Mme KAWAMURA, TU CROIS ?
N'EN FAIS PAS TROP NON PLUS, D'ACCORD ?
POUR TON DISCOURS, LE PLUS IMPORTANT...

C'EST DE TE FOCALISER SUR LES PROMESSES QUE LE PUBLIC A ENVIE D'ENTENDRE, MAIS...
TU DEVRAS SURTOUT FAIRE ATTENTION...
AU RETOUR DES PROFS !
S'ILS T'ARRÊTENT, PARCE QU'ILS JUGENT CERTAINES DE TES PROPOSITIONS IRRECEVABLES, C'EST LA FIN...
CONTENTE-TOI D'ÉNONCER DES IDÉES QUI RESTENT ACCESSIBLES, ET...
QUI PUISSENT PROFITER À TOUT LE MONDE !
L'INSTALLATION DE LA CLIM' AURAIT ÉTÉ UN SUPER MOYEN DE CONVAINCRE LES VOTANTS, MAIS...
CE PROJET N'ÉTANT PAS RÉALI-SABLE...
ON LE LAISSE DE CÔTÉ !
IL Y A TOUJOURS LA POSSIBILITÉ D'ESSAYER DE TROUVER UN COMPROMIS.
HUM...
ET POUR FINIR, LE PLUS IMPORTANT...
N'OUBLIE PAS DE TERMINER TON DISCOURS EN REMERCIANT TOUT LE MONDE !
VOILÀ...
SUPER, FUMIYA !
T'ES VRAIMENT LE ROI DE LA MANIPU-LATION !
AÏE !

ÇA, C'ÉTAIT HIER, ET DEMAIN…
CE SERA LE GRAND DISCOURS DES CANDIDATES.
MERCI BEAUCOUP, TOUT LE MONDE !
MERCI DE VOTER POUR MOI, MINAMI NANAMI, POUR LA PRÉSIDENCE DU CONSEIL DES ÉLÈVES !!
MINAMI NANAMI
ON COMPTE SUR TOI POUR LA POMPE ÉLECTRIQUE !
ON EST À FOND DERRIÈRE TOI !
CE SERA LE GRAND JOUR POUR LES CONCUR-RENTES, QUI VONT DEVOIR FAIRE UN DISCOURS EN PUBLIC…
QUEL COURAGE !
MOI, J'EN SERAIS INCAPABLE…
MAIS GRÂCE À MIMIMI…
LE PLAN QUE J'AI CONÇU EST SUR LE POINT DE SE CONCRÉTISER ET IL EST TOUT SIMPLEMENT PARFAIT !
JE SUIS SUREXCITÉ, COMME QUAND JE JOUE À SUPER ATTACK FAMILIES.
C'EST PARTI !

AU FAIT ! AUJOURD'HUI, ON ÉTAIT SUPPOSÉS AVOIR UNE DE NOS RÉUNIONS HABITUELLES…
JE N'AI AUCUN POINT URGENT À ABORDER AVEC AOI, ALORS…
MAIS JE PRÉFÈRE REVOIR LES DERNIERS DÉTAILS DE MON PLAN AVEC MIMIMI !
Aoi.
Ça te dérange si on reporte notre réunion à demain ?
Lu. 12:02
Pas de problème. Pourquoi ?
12:03
J'aimerais aider Mimimi à s'entraîner pour son discours électoral. Il y encore quelques points que nous aimerions revoir et je souhaite prendre le temps de faire les choses comme il faut !
Lu. 12:05
BIZARRE… ELLE A BIEN LU LE MESSAGE ET POURTANT…
Entendu.
AH, VOILÀ !
PIM
MAIS JE TROUVE SA RÉPONSE PLUTÔT SÈCHE…
ENFIN, PEU IMPORTE ! JE COMPTE BIEN FAIRE DE MON MIEUX ET ALLER JUSQU'AU BOUT !
NOUS DEVONS GAGNER, CAR MIMIMI A ACCEPTÉ DE ME FAIRE CONFIANCE POUR REMPORTER CETTE BATAILLE !
MERCI DE M'AVOIR CHARGÉ DE CETTE RESPONSA-BILITÉ…
AOI !

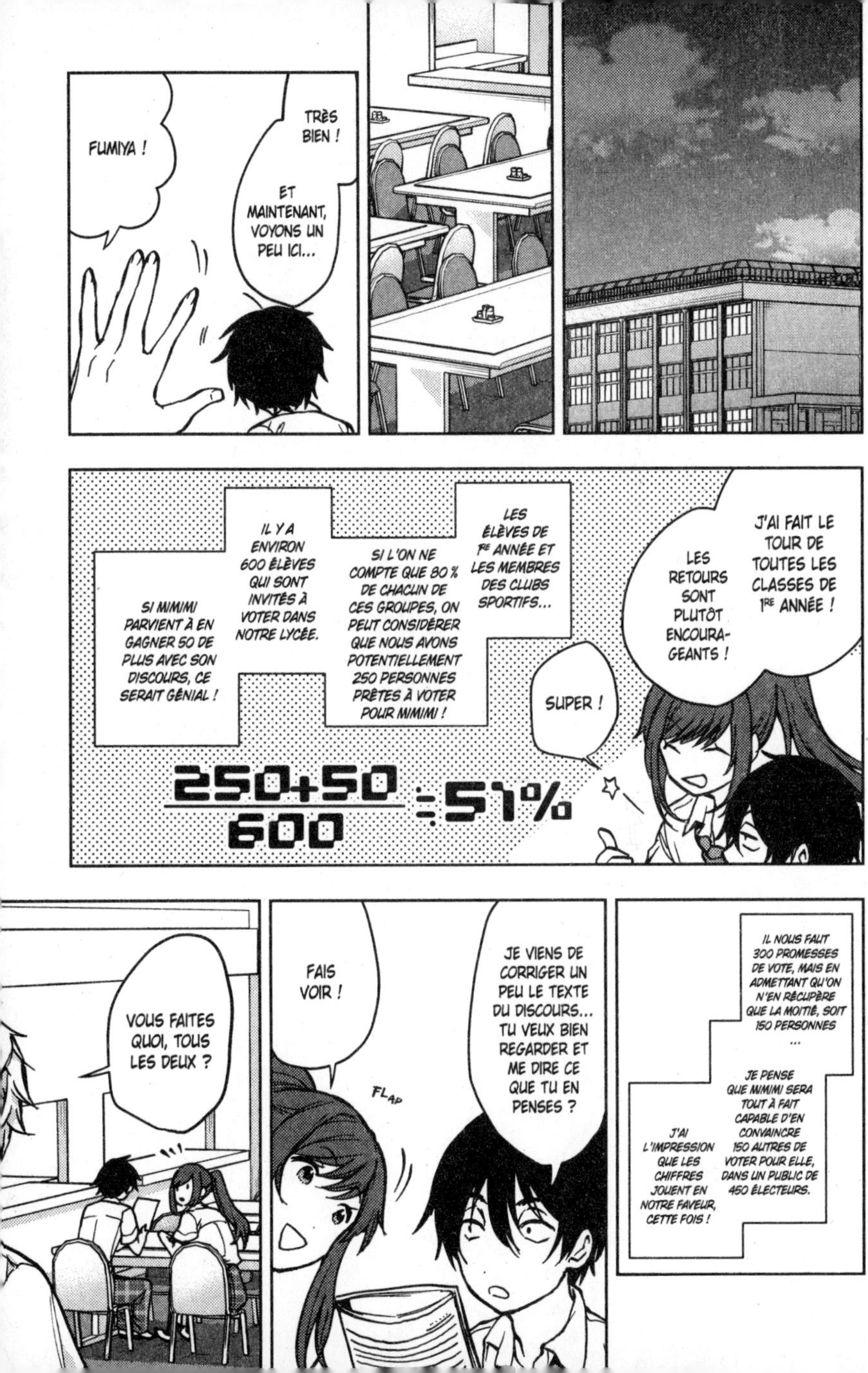
TRÈS BIEN !
ET MAINTENANT, VOYONS UN PEU ICI…
FUMIYA !
J'AI FAIT LE TOUR DE TOUTES LES CLASSES DE 1RE ANNÉE !
LES RETOURS SONT PLUTÔT ENCOURAGEANTS !
SUPER !
LES ÉLÈVES DE 1RE ANNÉE ET LES MEMBRES DES CLUBS SPORTIFS…
SI L'ON NE COMPTE QUE 80 % DE CHACUN DE CES GROUPES, ON PEUT CONSIDÉRER QUE NOUS AVONS POTENTIELLEMENT 250 PERSONNES PRÊTES À VOTER POUR MIMIMI !
IL Y A ENVIRON 600 ÉLÈVES QUI SONT INVITÉS À VOTER DANS NOTRE LYCÉE.
SI MIMIMI PARVIENT À EN GAGNER 50 DE PLUS AVEC SON DISCOURS, CE SERAIT GÉNIAL !
250+50 / 600 ≒ 51%
IL NOUS FAUT 300 PROMESSES DE VOTE, MAIS EN ADMETTANT QU'ON N'EN RÉCUPÈRE QUE LA MOITIÉ, SOIT 150 PERSONNES…
JE PENSE QUE MIMIMI SERA TOUT À FAIT CAPABLE D'EN CONVAINCRE 150 AUTRES DE VOTER POUR ELLE, DANS UN PUBLIC DE 450 ÉLECTEURS.
J'AI L'IMPRESSION QUE LES CHIFFRES JOUENT EN NOTRE FAVEUR, CETTE FOIS !
JE VIENS DE CORRIGER UN PEU LE TEXTE DU DISCOURS… TU VEUX BIEN REGARDER ET ME DIRE CE QUE TU EN PENSES ?
FAIS VOIR !
FLAP
VOUS FAITES QUOI, TOUS LES DEUX ?

MIMIMI...
QU'EST-CE QUE TU FOUS AVEC FUMIYA ?
SHÛJI ?!
IL Y A AUSSI TAKAHIRO ET TAKEI ?!
J'AIDE MIMIMI À PRÉPARER SON DISCOURS POUR DEMAIN...
HEIN ? TOI, TU LUI FILES UN COUP DE MAIN ?
CALME-TOI, SHÛJI...
TU SAVAIS QUE FUMIYA ÉTAIT PLUTÔT DOUÉ, DANS SON GENRE ? IL M'A AIDÉE À RASSEMBLER DES PROMESSES DE VOTE ET IL A BIEN VOULU CORRIGER MON DISCOURS...
HUM...
BIEN... BIEN SÛR ! JE FAIS TOUT MON POSSIBLE POUR QUE MIMIMI L'EMPORTE !
ÉVIDEMMENT !
SÉRIEUX ?
BOF ! MOI, JE PENSE QUE TU PERDS TON TEMPS AVEC CE GROS NUL.
TU PARLES SANS SAVOIR !

DE QUOI ?
MÊME S'IL EXISTE UNE ÉNORME DIFFÉRENCE DE NIVEAU ENTRE SON PARTENAIRE ET SOI-MÊME…
QUAND ON FAIT ÉQUIPE ET QU'ON ESSAYE DE SURMONTER ENSEMBLE CETTE DIFFÉRENCE, ÇA N'EST JAMAIS INUTILE.
ENFIN, CE N'EST QUE MON OPINION, MAIS BON…
VOILÀ, QUOI.
BRR
OUAIS…
MAIS POURQUOI T'AS CHOISI FUMIYA ?
T'AURAIS PU PRENDRE N'IMPORTE QUI D'AUTRE !
FWIP
EUH…
LA SITUATION EST PLUTÔT IRONIQUE…
SI L'ON SUIT LE RAISONNEMENT DE SHŌJI, ALORS ÇA VEUT DIRE QUE LE JOUR OÙ IL M'A AFFRONTÉ À DE NOMBREUSES REPRISES À SUPER ATTACK FAMILIES DANS L'ESPOIR DE FINIR PAR ME VAINCRE…
SES EFFORTS ONT ÉTÉ VAINS !
SALUT !
ATTENDS, SHOJI ! JE VOULAIS TE DEMANDER…

ALORS, COMMENT ÇA SE PRÉSENTE POUR DEMAIN ?
BEN, COMME CI COMME ÇA !
HA HA...
ET TOI, TAKAHIRO ? T'AS FINI D'AIDER AOI À SE PRÉPARER ?
ELLE AVAIT QUELQUES TRUCS À RÉGLER, ALORS ELLE M'A LAISSÉ EN PLAN.
EN PLAN ?
LES GENS UTILISENT BEAUCOUP CETTE EXPRESSION, MAIS QU'EST-CE QU'IL ENTEND PAR-LÀ, EXACTEMENT ?
BON ! JE SUPPOSE QU'ON SE REVERRA DEMAIN.
EUH...
AH
?!
JE VOULAIS...
M'EXCUSER POUR TOUT À L'HEURE ! TU AS DÛ PRENDRE MA DÉFENSE ET...
DANS CE GENRE DE SITUATION...

IL VAUT MIEUX DIRE "MERCI" QUE "DÉSOLÉ"...
FUMIYA !
À PLUS !
BONNE CHANCE !!
TAKAHIRO EST PARTI APRÈS M'AVOIR GLISSÉ CES QUELQUES MOTS...
JE NE SAIS PAS S'IL ÉTAIT SINCÈRE, OU S'IL ESSAYAIT SIMPLEMENT DE M'EMBROUILLER.
HAA...
EN TOUT CAS, JE ME SENS...
HA HA HA... ILS ONT L'AIR EN FORME, CES TROIS-LÀ !
UN PEU TROP À MON GOÛT...
ALLEZ ! C'EST LE DERNIER ROUND ! AU BOULOT !
ON Y VA !
EUH...
D'ACCORD !

NOUS AVONS PU RÉGLER LES DERNIERS DÉTAILS...
JUSTE À TEMPS POUR LE JOUR DU DISCOURS.
AUJOURD'HUI, JE VAIS PROUVER À AOI...
QUE JE SUIS CAPABLE DE LA BATTRE, MÊME DANS LA VRAIE VIE !

GUIDE DU JOUEUR 16.

GUIDE DU JOUEUR 16 : QUAND LA FILLE QUI M'ENTRAÎNE DEVIENT LA BOSS À BATTRE, JE DOIS TOUT FAIRE POUR M'AMÉLIORER ET LA METTRE K.-O.

SALUT !
...
HI HI
TIENS, FUMIYA ! TU VAS BIEN ?
ÇA FAIT LONGTEMPS, N'EST-CE PAS ?
COMME TU DIS...
ÇA FAIT UN BAIL !
J'AI L'IMPRESSION QUE TU TE DONNES BEAUCOUP DE MAL, EN CE MOMENT, PAS VRAI ?
QU'EST-CE QUE TU VEUX ? IL FAUT CE QU'IL FAUT LORSQU'ON AFFRONTE UN ADVERSAIRE TEL QUE TOI !
MOI AUSSI, JE ME SENS ÉPUISÉE, CES DERNIERS JOURS !
C'EST PLUTÔT ÉREINTANT DE DEVOIR ME BATTRE CONTRE TOI, NANASHI !
HEIN ? T'ES SÉRIEUSE, LÀ ?
QU'EST-CE QUE TU ME RACONTES ?

C'EST BIEN CELA LE STYLE DE COMBAT DE NO
NE ME DIS PAS QUE TU N'AS PAS COMPRIS ! CES DERNIERS JOURS…
C'EST LE COMBAT ENTRE NANASHI ET NO NAME QUE NOUS AVONS MENÉ !
TU PENSES QUE TOUS NOS EFFORTS SERONT À LA HAUTEUR DE NOS ATTENTES ?
ON VERRA BIEN !
EN TOUT CAS…
EN TANT QUE NANASHI, J'AI DONNÉ MON MAXIMUM !
CLAP
BIEN ! VOTRE ATTENTION, S'IL VOUS PLAÎT ! VOICI LA PREMIÈRE CANDIDATE À SE PRÉSENTER À LA PRÉSIDENCE DU CONSEIL DES ÉLÈVES…
AOI HINAMI ! VEUILLEZ L'APPLAUDIR AVANT SON DISCOURS !
CLAP
CLAP

BONJOUR À TOUTES ET À TOUS !
JE M'APPELLE AOI HINAMI.
PARDON SI JE VOUS SURPRENDS, MAIS…
NE PENSEZ-VOUS PAS …
QUE LA PERSONNE QUI PRÉSIDE LE CONSEIL DES ÉLÈVES IMPORTE PEU ?
POUR MA PART, IL N'Y A QU'UNE SEULE CHOSE…
QUE JE SOUHAITE DIRE À MON OPPOSANTE…
ET JE PENSE AVOIR ÉTÉ ASSEZ CLAIRE !
BAM

ET VOILÀ ! ELLE SORT DES BLAGUES FACILES POUR ESSAYER DE FAIRE RIRE LE PUBLIC !
OH !
MAIS PARLONS PLUS SÉRIEUSEMENT ! IL Y A BEAUCOUP DE CHOSES À AMÉLIORER POUR EMBELLIR LA VIE DANS NOTRE LYCÉE !
JE PENSE QU'IL EST DE MON DEVOIR D'ÊTRE À L'INITIATIVE DE CES CHANGE-MENTS.
MAIS SES EXPRESSIONS, SA MANIÈRE DE JOUER LA COMÉDIE, SON TON MORDANT…
ELLE MAÎTRISE PLUTÔT BIEN SON ART !
ON PEUT DIRE QUE, DÈS CET INSTANT, AOI A CONQUIS LA FOULE !
VOUS AUSSI, CHERS AMIS, VOUS AVEZ SÛREMENT DES REVENDICATIONS À EXPRIMER, N'EST-CE PAS ?
PAR EXEMPLE, POURQUOI DONNE-T-ON AUX ÉLÈVES LES PLUS JEUNES DU MATÉRIEL DE MAUVAISE QUALITÉ ?
POURQUOI LE SOL DE LA COUR EST-IL COMPLÈTEMENT DÉFONCÉ ?
VOUS VOUDRIEZ SÛREMENT QUE LE SYSTÈME DE GESTION DE LA CANTINE SOIT ENTIÈREMENT REVU, PAS VRAI ?
VOUS AIMERIEZ AUSSI QU'ON INVESTISSE DANS UNE POMPE ÉLECTRIQUE, JE ME TROMPE ?

JE VOUS PROMETS D'ÉCOUTER VOS REVENDICATIONS, LES UNES APRÈS LES AUTRES, ET...
DE TOUT METTRE EN ŒUVRE POUR VOUS APPORTER UNE SOLUTION !
ザワ
ザワ
BLA
BLA
ELLE NOUS A EUS...
C'ÉTAIT NOUS QUI AVIONS L'INTENTION D'UTILISER LA "STRATÉGIE DE LA POMPE ÉLECTRIQUE" !
ELLE DEVAIT NOUS PERMETTRE DE SÉCURISER UNE PARTIE DES VOTES, MAIS...
EN UNE PHRASE, ELLE NOUS L'A DÉROBÉE !
VOUS VOUS DEMANDEZ SÛREMENT COMMENT JE VAIS FAIRE...
POUR HONORER TOUTES LES PROMESSES QUI M'ENGAGENT ENVERS VOUS, N'EST-CE PAS ?
CERTAINS RISQUENT DE DOUTER DE MON HONNÊTETÉ...
ALORS, POUR VOUS RASSURER, AUJOURD'HUI...
JE NE VOUS FERAI QU'UNE SEULE PROMESSE !
AOI... NO NAME...
SA MÉTHODE CONSISTE À ÉCRASER SON ADVERSAIRE SOUS LE POIDS D'UNE CHARGE FRONTALE DÉMENTE.
ELLE SE JOUE DES RÈGLES ÉDICTÉES PAR SES ADVERSAIRES ET LUTTE JUSQU'À S'EMPARER DE LA VICTOIRE !
NE ME DITES PAS QUE...
ELLE NE VA QUAND MÊME PAS OSER ?!

JE VOUS PROMETS…
QUE LA CLIMATISATION SERA BIENTÔT INSTALLÉE DANS TOUT LE LYCÉE !
BROUHAHA
J'AVAIS VU JUSTE…
L'INSTALLATION DE LA CLIM'… LE SUJET QUI COMPTE LE PLUS AUX YEUX DE TOUS LES ÉLÈVES DE CE LYCÉE…
C'ÉTAIT, SANS NUL DOUTE, LE MEILLEUR ARGUMENT À SORTIR POUR REMPORTER CES ÉLECTIONS !
MAIS MIMIMI ET MOI AVIONS RENONCÉ À L'UTILISER, CAR NOUS NE PENSIONS PAS RÉUSSIR À CONVAINCRE LE PUBLIC DE LA FAISABILITÉ DE CE PROJET…
PAR CONTRE, AOI N'A PAS HÉSITÉ UNE SEULE SECONDE À BALANCER CETTE PROMESSE, ELLE…
C'ÉTAIT VRAIMENT UN COUP DE MAÎTRE !
ET TOUT À COUP, JE ME DEMANDE SI…

LE POUVOIR DE AOI NE CONSISTE PAS JUSTEMENT À...
VOIR TOUT CE QU'ELLE PROPOSE SE CONCRÉTISER !
UNE CHARGE FRONTALE...
TOUTE LA CONFIANCE QUE AOI A RÉUSSI À ACCUMULER JUSQUE-LÀ ET LES RÉSULTATS QU'ELLE A OBTENUS...
TOUT CELA, C'EST PARCE QU'ELLE SAIT CONVAINCRE LES GENS DE CROIRE EN ELLE ET EN SES PROMESSES.
L'ARGUMENT QUE MIMIMI ET MOI N'AVONS PAS EU LE COURAGE D'UTILISER, ELLE L'A SORTI EN TOUTE SIMPLICITÉ !
NOUS AVONS ASSISTÉ À UN VÉRITABLE TOUR DE FORCE !
ÉVIDEMMENT, INSTALLER LA CLIM', CELA NE VA PAS ÊTRE AUSSI SIMPLE !
CERTAINS PROBLÈMES VONT ÊTRE SOULEVÉS...
ON NOUS FERA DIRE QUE, COMPARÉ À D'AUTRES RÉGIONS, IL NE FAIT PAS SI CHAUD QUE ÇA, PAR CHEZ NOUS...
OU ENCORE QUE LES ESPACES OCCUPÉS PAR LES CLUBS N'ONT PAS BESOIN D'ÊTRE AUTANT CLIMATISÉS QUE LES SALLES DE COURS, CAR ILS NE FOURNISSENT PAS AUTANT DE RÉSULTATS POSITIFS POUR LE LYCÉE.
JE TENAIS JUSTEMENT À DÉMENTIR, AVEC GRAND PLAISIR, CE DERNIER ARGUMENT, EN RAPPELANT À TOUS QUE...

CES TEMPS-CI, LE CLUB D'ATHLÉTISME SE PORTE PLUTÔT BIEN, ET...
FAIT LA FIERTÉ DES ÉLÈVES DE CE LYCÉE !
C'EST TOI LA MEILLEURE, AOI !
ET AU NIVEAU NATIONAL, EN PLUS !
HA HA HA...
ELLE SE SERT DE SES EXPLOITS PERSONNELS POUR ÉTAYER SON ARGUMENT...
VOYONS... QUELLES ÉTAIENT DÉJÀ LES DEUX RÈGLES D'OR QUE AOI M'A ENSEIGNÉES ET QUI PERMETTENT DE MAÎTRISER L'ISSUE D'UNE CONVERSATION ?
D'ABORD, IL FAUT S'ASSURER QUE CHAQUE PERSONNE DANS LE GROUPE POSSÈDE LE MÊME INTÉRÊT...
MAIS PAR-DESSUS TOUT...
ON DOIT ABSOLUMENT OBTENIR LE SOUTIEN DE LA PERSONNE QUI REPRÉSENTE L'AUTORITÉ AU SEIN DU GROUPE !
DANS LE CAS PRÉSENT, AOI RISQUE D'AVOIR DES DIFFICULTÉS À OBTENIR L'APPROBATION DES PROFS, CONCERNANT SON PROJET...

C'ÉTAIT PLUTÔT BIEN PENSÉ DE METTRE EN AVANT LA RÉUSSITE DE SON CLUB D'ATHLÉTISME COMME ARGUMENT POUR SOUTENIR SON IDÉE...
SANS CET APPUI SOLIDE, ELLE COURAIT LE RISQUE DE SE VOIR CONTRAINTE D'ARRÊTER SON DISCOURS !
LOSE...!
EN UN INSTANT, ELLE AURAIT TOUT PERDU, ET...
SA RÉPUTATION EN AURAIT PRIS UN SACRÉ COUP !
COMMENT POUVAIT-ELLE ÊTRE SÛRE QUE ÇA ALLAIT MARCHER ?
JE ME DEMANDE SI...
BREF ! LA QUESTION EST DÉLICATE, N'EST-CE PAS ?
JE VOIS D'AILLEURS LE VISAGE RENFROGNÉ DE NOS CHERS PROFESSEURS, TOUT AU FOND DE LA SALLE !
À LA FIN DE MON DISCOURS...
ILS VIENDRONT SÛREMENT ME DIRE QUE...
MON IDÉE D'INSTALLER LA CLIM' EN CLASSE EST COMPLÈTEMENT ABSURDE !
APRÈS TOUT...

CE N'EST PAS COMME S'ILS L'AVAIENT DÉJÀ INSTALLÉE...
DANS LEUR PROPRE SALLE DE REPOS, N'EST-CE PAS ?

BAM
BRAVO ...
AOI !!
T'AS-SURES !
VAS-Y ! CONTI-NUE !
J'ESPÈRE QUE LES PROFS ÉCOUTENT BIEN...
C'EST QUOI, CE DÉLIRE ?
QUAND J'AI AIDÉ MIMIMI À ÉCRIRE SON DISCOURS…
J'AI FAIT EN SORTE DE TROUVER DES ARGUMENTS QUI AILLENT DANS LE SENS DES ENSEIGNANTS.
JE CROYAIS QU'IL FALLAIT TOUJOURS S'ACCOR-DER…
AVEC LA PERSONNE FAISANT AUTORITÉ DANS UN GROUPE…
MAIS AOI VIENT DE FAIRE EXACTEMENT L'INVERSE !
ELLE A TENU SA POSITION JUSQU'AU BOUT !
ELLE VOULAIT SÛREMENT PROUVER QU'IL ÉTAIT POSSIBLE D'AFFRON-TER…
LA HIÉRARCHIE DE SON ÉTABLIS-SEMENT SCOLAIRE !

CLAP
パチ
VOTEZ POUR MOI, AOI HINAMI !
CLAP
パチ
パチ
CLAP
JE SUIS VOTRE MEILLEUR CHOIX !
パチ
CLAP
パチ
CLAP
...
ET MAINTENANT, TU PENSES TOUJOURS POUVOIR ME BATTRE ?

À PRÉSENT, ACCUEILLONS LA CANDIDATE SUIVANTE POUR LA PRÉSIDENCE DU CONSEIL DES ÉLÈVES …
C'EST AU TOUR DE MINAMI NANAMI DE FAIRE SON DISCOURS !
CLAP
CLAP
CLAP
FIUT
FIUT
BOUM
HA HA HA...
TOC
TOC
J'AI PROPOSÉ À MIMIMI DE FAIRE UNE IMITATION DE CERTAINS PROFS DURANT SON DISCOURS ET ÇA A L'AIR DE FONCTIONNER…
LE PUBLIC SEMBLE APPRÉCIER SON HUMOUR !
HA HA HA
L'ALLOCUTION DE MIMIMI MANQUE DE PROFONDEUR, C'EST LE MOINS QU'ON PUISSE DIRE.
J'AI SUIVI TOUTES LES RÈGLES ENSEIGNÉES PAR AOI ET VOILÀ LE RÉSULTAT…
MAIS IL N'Y A RIEN À FAIRE ! COMPARÉE À LA PRESTATION DE AOI, TOUT À L'HEURE…
TOUT EST DE MA FAUTE !

MINCE...
J'AI ÉTÉ TROP SÛR DE MOI, SUR CE COUP !
TOUT CE QUE M'A APPRIS AOI SUR LA VIE...
ET PUIS, AVOIR UNE FILLE AUSSI FORTE QUE MIMIMI COMME PARTENAIRE...
JE PENSAIS POUVOIR ME SERVIR DE TOUT ÇA...
nanashi VS NONAME
POUR AFFRONTER AOI DANS UN COMBAT ÉGAL...
MAIS...
JE SUIS BIEN TROP FAIBLE...
FINALEMENT, JE N'AI NI SON TALENT...
NI SON ENDURANCE...
ET ENCORE MOINS SA MOTIVATION !
J'AI TELLEMENT HONTE DE NE PAS ÊTRE À LA HAUTEUR !
MAIS JE VAIS...
TOC

ET JE FERAI TOUT...
POUR VOUS DONNER ENCORE PLUS ENVIE DE FRÉQUENTER NOTRE MERVEILLEUX LYCÉE SEKITOMO. POUR CELA...
DRIIING
DRIIING
DRIIING
C'EST QUOI, ÇA ? UNE SONNERIE ?
CHUT ! LE DISCOURS N'EST PAS TERMINÉ !
ガヤ BLA
ON DIRAIT UN *IPHONE*...
C'EST PAS LE TIEN ?
ガヤ BLA
ÉTEIGNEZ ÇA, VITE !
BROUHAHA ザワ
TAISEZ-VOUS, DEVANT !
BROUHAHA ザワ
UNE FOULE QUI S'AGITE...
UNE SONNERIE QUI NE S'ARRÊTE PAS...

À CET INSTANT...
NOUS AVONS DÉCIDÉ DE JOUER NOTRE CARTE SPÉCIALE !
DIS, SIRI !
TU VEUX BIEN ARRÊTER L'ALARME, S'IL TE PLAÎT ?
LE BRUIT S'EST ARRÊTÉ...
HUM, HUM...
DIS, SIRI...
SELON TOI, QUI SERA LA PRÉSIDENTE DU CONSEIL DES ÉLÈVES ?
Je suis Siri, l'assistante virtuelle...
Je suis à votre service.
HÉ ! JE NE T'AI PAS DEMANDÉ DE TE PRÉSENTER !
C'EST CE CÔTÉ-LÀ DE MIMIMI QU'ON VOULAIT MONTRER À LA FOULE...
UNE CANDIDATE CAPABLE D'IMPROVISER FACE À UNE SITUATION INATTENDUE, COMME PAR EXEMPLE, LE DÉCLENCHEMENT INTEMPESTIF D'UNE SONNERIE.

[Message]
Je vais t'aider en utilisant Siri, l'assistante virtuelle...
AVEC LE DISCOURS QU'A PRONONCÉ AOI, NOUS N'AVIONS AUCUNE CHANCE DE GAGNER DE CE CÔTÉ-LÀ...
ALORS, NOUS AVONS DÉCIDÉ DE CHANGER DE STRATÉGIE...
ET AVONS CHOISI UN NOUVEAU TERRAIN POUR NOTRE DUEL !
ET PEU IMPORTE SI NOUS AVONS DÛ, POUR CELA...
CRÉER NOUS-MÊME CETTE SITUATION IMPRÉVUE !
JE SUIS NANASHI...
ET C'EST COMME ÇA QUE JE ME BATS !
BIEN ! ÇA FONCTIONNE !
HA HA HA...
DIS, SIRI...
TU VAS VOTER POUR MOI, N'EST-CE PAS ?
Je suis désolée... Voulez-vous que je recherche...
"Tu vas voter pour moi" sur internet ?
BAM
ELLE NE COMPREND RIEN, CETTE I.A. !
BON ! IL SEMBLERAIT BIEN QUE JE NE PUISSE PAS COMPTER SUR LE VOTE DE SIRI...
MAIS VOUS, LES AMIS ! J'ESPÈRE QUE VOUS VOTEREZ POUR MOI !
CLAP
CLAP
CLAP
CLAP
CLAP

TIP
TIP
...
FRR
FRR
BAM
ÇA A MARCHÉ !
OUPS ! PARDON... JE T'AI FAIT MAL ?
MAIS QUE... QUE... QU'EST-CE QUE TU FAB...
FWIP
FWIP
FWIP
OUAH !
BIEN JOUÉ, MIMIMI !
ET... FUMIYA ?

AOI !
MERCI BEAUCOUP !
FRANCHEMENT, C'ÉTAIT INTENSE !
TU NE COMPTES PAS NOUS DEMANDER DE T'EXPLIQUER NOTRE PLAN EN DÉTAIL, HEIN ?
SACHE QUE FUMIYA M'A BIEN AIDÉE…
ET C'EST TOUT CE QUE TU AS BESOIN DE SAVOIR !
VRAIMENT ?
BRAVO, MIMIMI ! OH ! JE NE SAVAIS PAS QUE…
EH OUI, TAKAHIRO ! COMME TU PEUX LE CONSTATER…
BLUSH
MAIS ARRÊTE, MIMIMI ! C'EST PAS DU TOUT CE QUE TU CROIS, TAKAHIRO !
HU HU…
BON ! NOUS, ON RETOURNE EN CLASSE !
VOUS FERIEZ BIEN DE VOUS DÉPÊCHER, TOUS LES DEUX !
À PLUS TARD !
EUH… OUAIS.
?!
J'AI BIEN L'IMPRESSION… QU'ILS SORTENT ENSEMBLE, CES DEUX-LÀ ! TU NE CROIS PAS ?
HU HU HU…
QUOI ?!

NOUS AFFICHERONS LES RÉSULTATS DES ÉLECTIONS DÈS LA FIN DES COURS !
teacher
TAP
TAP
ÇA DOIT ÊTRE FAIT, À PRÉSENT, JE SUPPOSE…
JE PENSAIS VOTER POUR MIMIMI, MAIS EN FIN DE COMPTE…
JE SUIS UN VRAI JOUEUR…
ET MON CŒUR M'ORDONNE DE RESTER HONNÊTE ENVERS MOI-MÊME ! C'EST POUR ÇA QUE J'AI VOTÉ BLANC…
C'ÉTAIT MON INTENTION DEPUIS LE DÉBUT, DE TOUTE FAÇON.

RÉSULTATS DES ÉLECTIONS POUR LA PRÉSIDENCE DU CONSEIL DES ÉLÈVES.
AUJOURD'HUI, VOUS AVEZ VOTÉ POUR ÉLIRE VOTRE CANDIDATE À LA PRÉSIDENCE DU CONSEIL DES ÉLÈVES ET NOUS VOUS COMMUNIQUONS CI-DESSOUS LES RÉSULTATS DE CE VOTE.
AOI HINAMI : 456 VOIX.
MINAMI NANAMI : 131 VOIX.
PAR CONSÉQUENT, AOI HINAMI DEVIENT LA NOUVELLE PRÉSIDENTE DU CONSEIL DES ÉLÈVES.
LE COMITÉ EN CHARGE DE L'ORGANISATION DES ÉLECTIONS.
Lu. 16:08
Désolée, je vais sûrement être en retard pour notre rendez-vous ! Peut-être même que je vais devoir annuler, si ça se trouve. Je te tiens au courant, à plus !
Pas de problème ! On peut reporter, si tu préfères.
16:10
TAP

BOBOUM
BOBOUM
HUM...
HUM...
BOBOUM
BOBOUM
VLAN
OH... FUMIYA !
AH ! EUH...
SALUT ! BRAVO POUR TON DISCOURS !
GLOUPS
MERCI ! TU M'AS BIEN AIDÉE, FUMIYA !
EUH... LES RÉSULTATS ONT ÉTÉ AFFICHÉS ET...
JE SAIS ! C'EST DOMMAGE, HEIN ?
EUH...
TU... TU ÉTAIS DÉJÀ AU COURANT ?
OUI ! UNE DE MES AMIES M'A ENVOYÉ UN SMS !
C'ÉTAIT UN VRAI CHOC...
MAIS HEUREUSEMENT, JE TIENS LE COUP !

ALLEZ ! PEUT-ÊTRE QU'UN JOUR, JE RETENTERAI MA CHANCE ET QUE JE L'EMPORTERAI !
ON DIT BIEN QUE CHAQUE ÉCHEC REPRÉSENTE UNE ÉTAPE VERS LA VICTOIRE, PAS VRAI ?
NEXT CHALLENGE!
ALLEZ ! EN AVANT ! IL FAUT TOUJOURS GARDER CONFIANCE EN SOI !
LORSQU'ON TRÉBUCHE, IL N'Y A PLUS QU'À SE RELEVER ET SE REMETTRE À COURIR !
ALORS, GARDONS LE SOURIRE !!
EUH... OUI ! TU AS RAISON !
APRÈS TOUT, TU ES DANS LE MÊME CLUB QUE AOI...
ET PUIS, LES EXAMENS NE SONT PAS ENCORE FINIS, ALORS...
TU AURAS ENCORE D'AUTRES OCCASIONS DE L'AFFRONTER !
HI HI
ÉVIDEMMENT !
BON ! SUR CE, JE DOIS ALLER M'ENTRAÎNER, JUSTEMENT !!
ET IL FAUT AUSSI QUE JE REMERCIE TOUS CEUX QUI ONT VOTÉ POUR MOI !
FWIP
OUI...

JE ME RETROUVE TOUT SEUL…
SANS RIEN À FAIRE…
ガラッ
CLANG
TAMA ?
EST-CE QUE J'ESSAIE DE LUI PARLER ?
PEUT-ÊTRE QU'ELLE A ENVIE DE RESTER SEULE…
TU NE VAS PAS T'ENTRAÎNER ?
FUMIYA…
EUH…
QU'EST-CE QUE TU REGARDES ?
LE CLUB D'ATHLÉ-TISME.

IL SUFFIT D'OBSERVER L'ENTRAÎNEMENT POUR CONSTATER...
QUE MIMIMI ET AOI SONT LARGEMENT AU-DESSUS DES AUTRES COUREUSES !
MAIS MIMIMI N'EST PAS DANS SON ÉTAT NORMAL...
PEUT-ÊTRE QUE CETTE COMPÉTITION AVEC AOI LA MOTIVE ENCORE PLUS, AUJOURD'HUI !
MAIS BIEN SÛR ! C'EST UNE ÉVIDENCE !
HA HA HA... DÉSOLÉ.
GRR
DIS...
LE TRUC AVEC SIRI, DURANT SON DISCOURS...
C'ÉTAIT TON IDÉE, N'EST-CE PAS ?
TAMA ÉTAIT AU COURANT QUE J'AIDAIS MIMIMI POUR SA CAMPAGNE...
J'AVOUE !!
C'ÉTAIT FAIT EXPRÈS...
SALE TRICHEUR !
GRR
DE TOUTE FAÇON, ON A PERDU...
NORMAL... VOUS AVEZ AFFRONTÉ AOI !
TOI AUSSI, TAMA, TU PENSES QU'ON N'AVAIT PAS LA MOINDRE CHANCE ?
EXACT !
AOI EST INCROYABLE ! ELLE NE PEUT PAS PERDRE.
MAIS MIMIMI EST TRÈS FORTE, ELLE AUSSI...

JE DOIS AVOUER QUE... JE M'INQUIÈTE UN PEU POUR ELLE...
ET ELLE N'EST PAS DU GENRE À ACCEPTER LA DÉFAITE !
C'EST POURQUOI...
J'AIMERAIS VRAIMENT QU'ELLE ARRÊTE D'AFFRONTER AOI !
JE VOIS...
AH ! DÉSOLÉE ! JE PARS DANS MES DÉLIRES !
HEIN ? MAIS NON, NE T'EN FAIS PAS !
OH !
IL FAUT QUE J'AILLE AU CLUB !
À PLUS TARD, FUMIYA !

IL N'Y A PAS QUE CES DEUX-LÀ QUI LUTTENT…
NOUS EN SOMMES TOUS LÀ, À NOUS BATTRE, CHAQUE JOUR PENDANT DES HEURES, POUR NOUS EN SORTIR…
ENFIN, PRESQUE TOUS…
NOUS FAISONS ÉNORMÉMENT D'EFFORTS POUR AVANCER DANS LA VIE !

ET C'EST AINSI QUE S'EST TERMINÉ L'AFFRONTEMENT ENTRE AOI ET MIMIMI AU COURS DES ÉLECTIONS POUR LA PRÉSIDENCE DU CONSEIL DES ÉLÈVES !
MAIS FINALEMENT ...
IL N'AURA REPRÉSENTÉ QU'UNE SEULE ÉTAPE DANS LA VIE DE MES AMIES, CONSOLIDANT D'AUTANT PLUS LEUR AMITIÉ !
TOMOZAKI-KUN EST UN LOSER ! 3 – FIN.

REMERCIEMENTS !

MERCI À VOUS TOUS
D'AVOIR LU JUSQU'AU BOUT
CE TROISIÈME TOME DE
TOMOZAKI KUN EST UN LOSER !

JE N'ARRIVE PAS À RÉALISER QUE
VOUS M'AYEZ FAIT CONFIANCE
JUSQUE-LÀ ! J'ESPÈRE QUE VOUS
CONTINUEREZ À SUIVRE MON
TRAVAIL PENDANT ENCORE
LONGTEMPS ET QUE VOUS EN
SEREZ SATISFAITS !

EITO CHIDA

MIMIMI A PERDU FACE À AOI LORS DES ÉLECTIONS…

DEPUIS, ELLE FAIT L'IMPOSSIBLE POUR ESSAYER DE LA SURPASSER DURANT LES ENTRAÎNEMENTS DU CLUB D'ATHLÉTISME.

FUMIYA SEMBLE ÊTRE LE SEUL À POUVOIR TROUVER LES MOTS CAPABLES DE RÉCONFORTER UNE MIMIMI AUSSI DÉVASTÉE !
JE ME CONFIE À TOI, FUMIYA, CAR JE SUIS SÛRE QUE TU ME COMPRENDRAS.
J'AI TELLEMENT LA RAGE QUE J'AI ENVIE DE TOUT ARRÊTER, MAIS...
EN MÊME TEMPS...
JE ME DIS QUE SI J'ABANDONNE MAINTENANT, ÇA SERA PIRE ENCORE, APRÈS.
APRÈS TOUT, IL A DÉJÀ LA CONFIANCE DE MIMIMI ...
QUI LUI RACONTE PLEIN DE CHOSES QUE NOUS IGNORONS ! N'EST-CE PAS, TOMOZAKI ?
C'EST TOI ET PERSONNE D'AUTRE !
NOUS, ON NE PEUT PLUS RIEN FAIRE, DÉSORMAIS.
NOUS, ON NE PEUT PLUS RIEN FAIRE, DÉSORMAIS.
LV. 4
TOMOZAKI-KUN est un LOSER !
Bottom-Tier Character Tomozaki
TOME 4 BIENTÔT EN LIBRAIRIE !

DELCOURT TONKAM

TOMOZAKI-KUN EST UN LOSER !

BOTTOM- TIER CHARACTER TOMOZAKI

Volume 03

First published in Japan in 2020 by SQUARE ENIX CO., LTD.
French translation rights arranged with SQUARE ENIX CO., LTD. and Editions Delcourt, GROUPE DELCOURT through Tuttle-Mori Agency, Inc.

Directeur de collection : Pascal Lafine
Supervision éditoriale : Justine Bouzid et Céline Ruaux
Suivi éditorial : Oriane Maumus
Traduction & adaptation : Josua Lafitte
Lettrage : Studio Mankai
Conception graphique :
Studio Delcourt/Soleil - Yohan Julien

Dépôt légal : janvier 2025
ISBN : 978-2-413-08284-2

Imprimé et relié en décembre 2024
par Aubin Imprimeur, à Ligugé.

Groupe Delcourt
8-6, rue Léon Jouhaux 75010 Paris

www.editions-delcourt.fr

Peu importe le rang,
seul compte le pouvoir !
Shingo Ichinomiya, 25 ans, employé dans une grande entreprise, s'endort en pensant à sa journée remplie du lendemain. À son réveil, il se trouve dans le corps d'un jeune garçon de 6 ans nommé Wendelin Von Benno Baumeister. Il fait maintenant partie d'une famille noble mais pauvre, vivant dans un village reculé. Heureusement, il a été béni par un don très rare dans ce monde : la magie.
LE HUITIÈME Fils 1
MANGA • HIROKI KUSUMOTO
ŒUVRE ORIGINALE • Y.A
CHARACTER DESIGN • FUZICHOCO
DELCOURT TONKAM
Anime disponible sur
crunchyroll
Série à découvrir chez Delcourt/Tonkam

Manga
RoGa
Œuvre originale
Ryo Shirakome
Character design
Takaya-ki
ARIFURETA
ORIGINES 1
DELCOURT
TONKAM
Aux origines de l'homme le plus fort du monde
Oscar Orkxs est un synergiste au talent incommensurable qui le dissimule pour couler des jours tranquilles. Milady Raisen est la détentrice d'une ancienne magie divine et descendante d'une famille nommée "les bourreaux". Ils décident de s'unir pour s'opposer aux divinités. Sans le savoir ils vont lier leur destin à celui d'Hajime et le feront devenir l'homme le plus fort du monde.
Série à découvrir chez Delcourt/Tonkam
ARIFURETA: From Commonplace to World's Strongest Zero
©Ataru Kamichi ©Ryo Shirakome / OVERLAP

L'HEURE DE LA
VENGEANCE A SONNÉ !
Au lycée, Hajime est persécuté par
ses camarades. Lorsque sa classe est
invoquée dans un autre monde, tous
acquièrent des compétences magiques
hors du commun, sauf lui, relégué au
rang de simple synergiste. Trahi par l'u
de ses compagnons et laissé pour mort
dans un donjon, Hajime se réveille dan
un niveau peuplé de puissants monstre
Il se jure alors de devenir plus fort pou
remonter à la surface et se venger.
ARIFURETA
1 De Zéro à Héros
Manga RoGa
Œuvre originale Ryo Shirakome
Character design Takaya-ki
DELCOURT TONKAM
Série à découvrir chez
Delcourt/Tonkam
Anime disponible s
WAKANIA
ARIFURETA: From Commonplace to World's Strongest Zero
©Ataru Kamichi ©Ryo Shirakome / OVERLAP